El Librero Mágico

Agustín Montes de Oca

ola
PUBLISHING
INTERNACIONAL

ISBN: 978-1-63765-082-0

PUBLISHING
INTERNACIONAL

Eugenio Sue 79, #104, Polanco,
Ciudad de México, México 11550
México: 55-5250-8519
www.holapublishing.com

Impreso y encuadernado en los Estados Unidos de América

"A mi esposa Edith y a mis hijos Paulina,
Agustín y Fabiola por su apoyo y comprensión".

Índice

Parte I

Prólogo
La vieja casona

Entramos por la vieja tapia del patio posterior de la casona, como en otras ocasiones hubo tramos que no recorrimos, pues era más grande de lo que parecía o las dimensiones nos parecieron diferentes. El lugar donde debió estar el jardín, si es que alguna vez hubo alguno, estaba completamente abandonado y lleno de hojarasca y ramas. Tenía un aspecto triste y desolado, había, sin embargo, varios árboles en pie que crujían con el viento vespertino. Algunos de ellos sólo mostraban algunas ramas secas que recordaban brazos verrugosos similares a los de seres de fantasía y leyendas arcaicas; la sombra que proyectaban con el Sol poniente era irreal y mágica, siempre que entrábamos al enorme lote baldío llegábamos a otro mundo: ¡aislado y fascinante!

Mauricio Arredondo y yo íbamos al frente del pequeño grupo de muchachos, y con qué gusto nos seguían los demás: Gerardo Arzate, "el gordo", Fabián Zegarra "el güero" y la única chica del grupo, Verónica Ituarte, la menor de todos. Éramos vecinos de una colonia de clase media no muy acomodada, pero eso sí, de gran tradición. Sobre la avenida principal del barrio vivían Mauricio y Fabián, dos cuadras adelante, Verónica y Gerardo, y cruzando el riachuelo estaba mi hogar: al final del parque, doblando la esquina. Nos tocó vivir en una época en que la amistad era un cúmulo de satisfacciones recíprocas: había sinceridad, intensidad, compartíamos muchas aventuras y a veces desdichas.

Quien descubrió el recinto abandonado fue Fabián. Un día nos platicó sobre la vieja casa abandonada que se ubicaba hacia el poniente de la colonia, cerca del antiguo mercado en la zona más descuidada, donde abundaban las casas antiguas. Ésta, en particular, tenía sus historias fantásticas; típico de estos sitios. Según comentaban, la mansión tenía más de 150 años y en un principio perteneció a una familia de abolengo. Era de un estilo elegante, con grandes arcos parcialmente derruidos en la entrada; la barda perimetral presentaba varios huecos y estaba destruida por doquier, además, tenía muchos cristales rotos y las desvencijadas puertas se encontraban resquebrajadas. Cerca de la casona no había otras construcciones aledañas. El páramo era desolado, con arbustos pequeños y algunos viejos árboles dispersos, como olmos, robles, pinos y acacias. Después de escuchar lo comentado por Fabián se despertó nuestra curiosidad, y ese gusto por lo misterioso emergió desde nuestro ser.

Finalmente decidimos ir todos al lugar. Nos alistamos desde la noche anterior; preparamos viandas y al amanecer de ese día, un sábado, partimos como si se tratara de una excursión, y bueno, sí que lo era. Íbamos animados: listos para la aventura. Llegamos al recinto entrada la mañana, aunque todavía no era medio día y a todos nos asombró lo imponente de la ruinosa casa a pesar de su estado. Era tenebrosa aun de día, de noche seguramente tendría un aspecto bastante más tétrico. Desde luego que Fabián ya conocía la mansión, pero incluso así dijo: "Desde el primer momento que vi la casona me impactó, aunque yo solo no me atreví a entrar. Pero ahora que venimos todos, sí lo haré". Nos acercamos a la puerta principal, orientada hacia el norte, y entramos con un poco de temor, la desvencijada puerta cedió y se abrió con un leve chirrido. La duela estaba resquebrajada y rota en varias partes, habría que andar con precaución; daba la impresión de que podría hundirse en cualquier momento.

—Será mejor que nos vayamos con mucho cuidado, parece que por aquí todo se puede derrumbar —comenté.

—¿Y si mejor nos vamos y venimos otro día? —dijo Verónica con la voz temblorosa—. No me gusta nada la idea de estar aquí, no sabemos si hay alguien o algo viviendo en este sitio espantoso

No contestamos, sólo nos miramos para darnos valor.

Ese primer día no estuvimos mucho tiempo. Entramos en algunas habitaciones y estuvimos revisando la estancia principal y lo que parecía haber sido la cocina, pues había restos de una vieja estufa oxidada y algunos anaqueles rotos ya sin patas. No nos animamos a subir las escaleras, se veían frágiles y el ambiente era estremecedor.

Después de esa primer exploración regresamos dos o tres veces más antes de hacer un descubrimiento asombroso... Y por fin decidimos subir al segundo piso. Para tal efecto nos pusimos del lado derecho de la enorme escalera que subía dando una media vuelta. Lo hicimos de esa manera debido a que la parte izquierda estaba rota, de tal manera que ninguna precaución estaba de más.

Al terminar la escalera había un amplio corredor y un gran ventanal con algunos cristales de colores que, en contacto con la luz, creaban un ambiente irreal: el Sol se filtraba, creando una temperatura tibia, y a pesar de haber pocos vidrios completos, las luces multicolores nos arropaban. Hacia el lado derecho del gran corredor había varias puertas, nos dirigimos primero a esa ala. Entramos a varias habitaciones con algún mobiliario muy maltratado, camas desvencijadas y armarios apolillados; se apreciaba que en sus buenos tiempos las recámaras deben de haber sido muy confortables. Decidimos entonces ir al ala izquierda; al fondo solamente había una gran puerta que se veía bastante más conservada que todas las demás. Cosa extraña: estaba cerrada. Me acerqué con lentitud para abrirla y Gerardo, con su voz tipluda y un cierto nerviosismo, me dijo: "Mejor no la abras, tengo un mal presentimiento, Gustavo". Todos nos miramos con caras entre temerosas y curiosas, y como siempre, o como casi siempre, pusimos el asunto a votación: Mauricio, yo a favor de entrar, Gerardo y Verónica a favor de no entrar. Ya estaba decidido.

Tomé el picaporte; abrí la puerta, se escuchó un leve crujir, y nos introdujimos a un gran salón que se encontraba en penumbras, pues en los grandes ventanales había

14

unas gruesas cortinas que sólo dejaban entrar la luz en donde tenían girones. Decidimos recorrer las cortinas y se desgarraron súbitamente; se habían asoleado por muchos años y estaban prácticamente arruinadas por los rayos solares en el momento en que cayeron. La habitación se iluminó plena y polvosa, al caer las telas soltaron nubes de polvo que se esparcieron por el salón. Al disiparse un poco el polvo quedamos atónitos: estábamos ante una gran biblioteca. Los anaqueles y libreros prácticamente cubrían las paredes, algunas repisas estaban rotas y desperdigadas por el piso, pero la mayoría estaban en buen estado. "Libros, preciosos libros", exclamó Verónica. Cada uno de nosotros se dirigió hacia los diversos libreros y empezamos a tomar algunos libros; en general no estaban maltratados, unos cuantos yacían en el piso. Lo extraordinario era, también, que en comparación con el resto de la casona, la biblioteca estaba en buen estado. En la parte del techo había un domo cubierto de polvo, por lo cual no entraba mucha luz por ahí. En ese momento nos percatamos que el día ya empezaba a languidecer, pues ya estaba atardeciendo. Esto nos hizo reaccionar y decidimos regresar al día siguiente con algunos instrumentos de limpieza para quitar el polvo y las telarañas.

A primera hora de la mañana ya estábamos listos para partir: emocionados. Cabe mencionar que gran parte de nuestra amistad se fincaba en nuestro gusto por la aventura y la lectura; en la escuela incluso nos decían "los raros" por esta útil afición. Cada uno de nosotros llevaba algún utensilio para la labor de limpiar la biblioteca: escobas viejas, cepillos y jabón. Además, llevábamos algunos emparedados y jugos por aquello del hambre y la sed.

Nos encaminamos con gran algarabía por una ruta alterna que habíamos descubierto, sobre todo para mantener en secreto lo más posible nuestro "descubrimiento". Lo primero que hicimos al llegar fue subir al techo con mucho cuidado para limpiar el domo. Los cristales estaban engarzados en hierro con figuras y formas caprichosas muy bellas; sin embargo, todo estaba cubierto de tierra, polvo y hojarasca. Limpiar costó trabajo, pues era mugre acumulada durante mucho tiempo; los encargados de hacerlo fueron Mauricio y Fabián, mientras los demás limpiábamos el salón lo mejor que podíamos. Planeamos hacer todo esto antes de investigar qué tipo de libros habría, algo que nos tenía inquietos. El domo del techo quedó relativamente libre de suciedad y con esto se iluminó la estancia todavía más, lo que hizo que nos percatáramos de una sección de la biblioteca en particular. Era un estante especial que estaba muy limpio, casi brillante; nos llamó la atención y nos acercamos con curiosidad. Gerardo estiró la mano y tomó uno de los libros: perfectamente empastado con una cubierta de un color entre café y verde oscuro, sin embargo, algo le intrigó y comentó: "Que extraño. ¡No hay ninguna letra, título o autor en este libro! ¡Ni en la pasta, ni en el lomo!". No tenía ningún contenido. Esto nos causó cierta frustración. ¿Así estarían varios libros? De inmediato nos dimos a la tarea de abrir otros libros, y para nuestra tranquilidad sí tenían letras, autores y títulos. Decidimos escoger un libro cada uno, desde luego que tomamos títulos que nos interesaron, básicamente de literatura infantil o juvenil. Leímos hasta que la luz del día nos permitió hacerlo, pues obviamente no teníamos luz artificial. Pusimos los libros en sus respectivos lugares y decidimos regresar dos días después; no era fácil de explicar nuestro gran descubrimiento a nuestros padres, debíamos ser discretos.

Dos días después regresamos un poco más temprano. Queríamos empezar cuanto antes, y sobre todo queríamos resolver el enigma del estante "especial". Cabe mencionar que nos encontrábamos en periodo vacacional y por ello teníamos la posibilidad de efectuar nuestros paseos. Además, nuestros padres nos permitían salir bajo ciertas reglas, con la condición de no llegar tarde. Entramos por la puerta principal como lo acostumbrábamos y subimos de inmediato a la biblioteca; acomodamos nuestras cosas y cada quien busco un lugar para empezar con su lectura. En ese momento Verónica lanzó una expresión de alegría:

—¿Ya vieron lo que dice en la parte de arriba del estante mágico?

Todos volteamos de inmediato. Había unas letras doradas que aunque no se apreciaban muy bien alcanzamos a leer que decían: "Bienvenidos a la imaginación". En ese momento comenté:

—Estoy casi seguro que cuando limpié este librero no decía nada ahí.

—Bueno, vamos a indagar un poco más. En este librero tenemos cinco secciones y en cada uno de los estantes hay 10 libros. Si se dan cuenta todos se ven en muy buen estado —dijo Mauricio.

Y sí, en efecto había un cierto orden en todo esto. Decidimos, nuevamente, tomar un libro; se me ocurrió sacar el tercer libro del tercer anaquel. Sucedió lo mismo que en la ocasión anterior: el libro sin letras, sin nada impreso en sus páginas. Vaya, todo esto parecía una broma.

—Oigan se me ocurre algo. ¿Y si seguimos el orden en que están acomodados los libros? A ver, voy a tomar el tomo del primer estante de arriba para abajo. A mí me parece que hay algo más que descubrir en esta distribución —dijo Verónica.

No encontramos mucha lógica en lo que nos decía, sin embargo, todos asentimos. Hay personas que llevan un sistema de control en sus bibliotecas, a veces por tema, a veces alfabético, en fin… esto era un juego más para nosotros y a la vez un reto. Verónica se trepó en un pequeño taburete, se estiró y sacó el libro de su lugar, al hacerlo nos pareció percibir una ligera luminiscencia que salió del libro. Esto nos pasmó durante unos instantes y enseguida, ya con el libro en la mano, nuestra amiga nos dijo con emoción: "Miren, en este libro sí hay letras". Lo abrió y en su interior aparecieron sus hojas impresas, todos nos acercamos para verlo bien: este tomo estaba completo.

—¿Y qué dice? —preguntó inquieto Fabián, el más callado de todos.

—El título es "El gnomo astuto. Primer volumen" — contestó Verónica y añadió, volteando hacia el librero y señalando la parte intermedia de cada repisa—. Observen, también aquí aparecieron unas letras doradas. Están un poco difusas pero se pueden leer perfectamente.

Todos nos acercamos al librero y leímos lo que ahí decía: "Sección I: Cuentos de hadas". Inmediatamente abajo, en la siguiente repisa, decía: "Sección II: Fantasía y ficción". Enseguida: "Sección III: Mitología y leyendas"; debajo: "Literatura gótica", y finalmente en la última repisa: "La tierra de la aventura".

No salíamos de nuestro estado de sorpresa, aunque esto no nos causaba temor sino una enorme curiosidad. Regresamos al primer tomo y de inmediato Gerardo sacó el segundo tomo del anaquel donde Verónica había retirado el primer libro. Su cara de decepción nos dijo todo: el libro estaba en blanco, sin título, sin letras. Entonces Mauricio estiró su mano, retiró el primer libro del segundo estante y exclamó: "¡Tal como lo pensé! Este libro sí tiene letras y salió un pequeño destello de su interior; no cabe duda, estamos ante un "librero mágico".

Nos sentimos muy contentos y también confusos. ¿No estaríamos ante una extraña maldición? ¿Podríamos estar iniciando algún extraño conjuro de hechiceras o magos malvados? O, por el contrario, ¿podría ser un encantamiento mágico de alguna hada bondadosa promotora de la lectura? No lo sabíamos, pero nuestro entusiasmo era mayor y nos guiaba a saber más y más.

El segundo anaquel de donde Mauricio extrajo el primer libro era el de "Fantasía y ficción" y su título era: "El viajero del Cosmos". En cuanto sacamos el segundo libro del segundo estante nuevamente nada sucedió. Esto ocurría cada vez que intentábamos ver los libros subsecuentes: ¡estaban en blanco! Supusimos acertadamente, como lo comprobaríamos después, que sólo si continuábamos con el orden de tomar un libro por repisa y tema, entonces los libros tendrían contenido: ¡letras! Cuando tomábamos el correcto, éste parecía emitir un leve brillo, como si su esencia más profunda fuera a ser satisfecha. Seguimos sacando libros en el orden correcto; el primer libro del tercer estante, "Mitología y leyenda": "*El centauro de montaña*"; el primer libro del cuarto estante, "Literatura gótica": "*Anselmo el vampiro*", y, finalmente, el primer libro del quinto estante, "Tierra de aventuras": "*El pirata y el cofre*". La situación estaba así: cinco primeros libros de cinco estantes y cinco lectores.

—¿Quién hace el sorteo? —preguntó Mauricio.

—¿Qué sorteo? ¿De qué hablas? —le pregunté.

—Obvio, vamos a ver qué sección y qué libro le va a tocar a cada uno, bueno para evitar conflictos de intereses. Y propongo que en cada ocasión sea así.

Nos pareció buena idea. Manos a la obra. Decidimos que el sorteo consistiría en cortar cinco trozos de papel numerados del uno al cinco y cada quien tomaría uno; de esa manera sabríamos qué libro nos tocaría leer en cada sesión. Nos quedamos mirándonos por un instante antes de comentar nuestra suerte. El primero que habló fue Fabián, con una mueca de satisfacción:

—¡Tengo el dos! Me toca fantasía y ficción.

—Bueno, pues yo tengo el uno, o sea voy a cuentos de hadas —dijo Mauricio con un tono de cierto desencanto.

Verónica estaba como asustada; no había duda, le tocó el cuatro.

—Bien, ¿qué me ven? —dijo—. Sí, tengo el cuatro: ¡literatura gótica!

Sólo faltábamos Gerardo y yo. Me adelanté y dije:

—Yo voy para el cinco, Tierra de aventuras.

Y bueno, sabíamos perfectamente que a Gerardo le había tocado el tres: Mitología y Leyenda. Así nos tocó a cada uno y quedamos que en la siguiente sesión empezaríamos las lecturas; como no disponíamos de mucho tiempo era importante empezar temprano en la mañana. Teníamos un gran deseo de empezar nuestros respectivos libros y la inquietud nos embargaba, pues queríamos ir viendo qué libros seguiríamos leyendo de acuerdo con el sistema de sorteo que acordamos.

Al día siguiente nos fuimos deprisa hacia la casona apenas terminamos de desayunar. Elegimos la pequeña glorieta en el parque de los abetos como punto de reunión, de ahí partimos a nuestra secreta mansión. En cuanto llegamos cada quien tomó el libro que le correspondía. Todo tenía que ser con el esquema ya establecido, es decir, primero se sacaba el libro uno del estante uno y un pequeño destello salía del mismo; enseguida se tomaba el libro uno del estante dos y así sucesivamente. Si no llevábamos a cabo este ritual los libros no emitían su luminiscencia y no tenían letras.

Todos iniciamos verificando que los libros estuvieran completos para adentrarnos profundamente en nuestras lecturas. Otro misterio se nos presentó: a medida que avanzábamos en nuestras narraciones respectivas, parte de lo que los demás leían se nos mostraba entre líneas, bueno, ¿cómo explicarlo? Resulta que la historia de cada uno de nosotros se presentaba en determinados puntos de la narración de los otros; aparecía entrecruzada como si fuesen historias insertadas dentro de la trama de cada narración, y justo en el momento en que esto ocurría teníamos alguna experiencia de vivencias y presencias que parecían muy reales. Eran sonidos y visiones parciales donde algún personaje pareciera manifestarse en nuestra realidad. Vaya imaginación, pensábamos. Pero en realidad todos estábamos muy inquietos. ¡Todo era extraordinario y mágico!

El gnomo astuto

I

El perforador de roca con punta de diamante funcionaba bien y nuevamente la fama de Lizerbas se escucharía en los confines de Duzben y más allá. El pequeño hombrecillo, sin embargo, no mostraba alegría ni orgullo por su nuevo invento: le parecía en realidad algo sencillo y trivial; además, le molestaba tanta algarabía y detestaba los festejos, las manifestaciones públicas y los reconocimientos. Y justo estaba en estas cavilaciones cuando tocaron estrepitosamente a su puerta, y aunque quería fingir no estar, el golpeteo era persistente y molesto. "Voy, ya voy", dijo molesto con su chillona voz. Abrió la puerta y se encontró con Veri, el ujier del mayordomo de la casa real; con una mueca de enorme satisfacción le saludó y le dijo:

—Maestro Lizerbas, le entrego con mucha honra la invitación especial que le hace el príncipe de Duzben para que asista mañana, sin falta, a la celebración en su honor en el palacio al filo del ocaso.

Eso me temía, Lizerbas pensó. Y alargando su pequeña mano recibió un sobre adornado con pequeñas guirnaldas doradas y hojas de roble entrelazadas, a la usanza de su pueblo para los eventos extraordinarios. Abrió la misiva, que con grandes letras decía: "Estimado súbdito; distinguido Profesor Lizerbas, nos honra invitarlo a la celebración que efectuaremos en su honor para distinguirlo y que todo el principado ha organizado para, una vez más, otorgarle un reconocimiento por sus grandes contribuciones a la ciencia y al desarrollo y progreso de nuestra bien amada nación; sabedores de que este nuevo portento de su genialidad redundará en beneficio de nuestra sublime comunidad. Con la seguridad de antemano que contaremos con su invaluable presencia, me despido. Turbaten, Príncipe entrañable de Duzben y regiones circundantes". El Profesor sólo esbozó una sonrisa y pensó "bla, bla, bla". No obstante, aparentó una gran satisfacción y le respondió al sonriente emisario:

—Dígale usted a su majestad que será un honor asistir a este inmerecido homenaje —y enseguida lo despidió.

II

El enorme lobo regresaba a su cubil después de una infructuosa cacería. Las pocas presas que podría atrapar habían emigrado debido a que los hombres se internaban cada vez más en el bosque y ahuyentaban a casi todos los ciervos y jabalíes, los principales proveedores de carne fresca para el gran lobo y su familia. Sus lobeznos y su fiel compañera estaban famélicos; tenían días sin probar bocado y si no conseguía alimento pronto, morirían seguramente de hambre. A pesar de la desconfianza que sentía hacia los hombres, la situación lo estaba orillando a acercarse a la aldea; sabía que ahí encontraría comida: los animales domésticos de los aldeanos eran una gran tentación, además de ser presa fácil. Finalmente intentaría algo esa noche.

Se aproximó con cautela a la orilla del pueblo, acechando agazapado. Debía pasar inadvertido para que los perros guardianes no pudiesen olfatearlo, de tal manera que se puso contra el viento; frente a él había un gran cobertizo, el inconfundible olor de las ovejas le alteraba sus sentidos, incluso empezó a salivar con profusión. Era un experto cazador y sigilosamente franqueó la empalizada de un gran salto, el problema podría venir al regresar con la presa entre sus fauces. Eligió a su víctima y de repente cayó sobre ella. Con un chasquido seco atrapó al indefenso animal por el cuello, el sabor de la cálida sangre fue un estímulo poderos, y arrastró al cadáver hasta la empalizada. Ahora la situación era cómo saltar la empalizada con el pesado animal. No le quedó otra alternativa que excavar un poco bajo la cerca e intentar pasar el cuerpo exánime por ahí. La labor no fue nada sencilla era una oveja de gran tamaño; debería haber elegido una más pequeña, sin embargo, logró hacer pasar al ovino y lo arrastró hasta los límites del bosque. Desafortunadamente, la acción no pasó desapercibida. Dos enormes perros ovejeros que rondaban la cerca por afuera se percataron de la presencia del enorme lobo: salieron raudos tras él y su víctima. Siguieron el rastro sin dificultad y lo alcanzaron; el enorme lobo de inmediato se dispuso a defender su presa con la vida misma. Los canes se abalanzaron sobre él e inició una lucha feroz, pero los perros no eran rivales para la gran fiera, que con gran destreza consiguió ahuyentarlos después de una breve escaramuza. Este alboroto alertó a los aldeanos y varios de ellos pronto se lanzaron tras el lobo con antorchas en mano, dispuestos a acabar con el asesino. El gran animal intentaba alejarse, con dificultad, lo más pronto posible, aunque esto se dificultaba por su pesada carga. Cada vez se escuchaba más cerca a los hombres guiados por sus sabuesos, era cuestión de poco tiempo para que lo alcanzaran. La fiera estaba indecisa; no los podría enfrentar, finalmente tuvo que abandonar su presa e internarse en el bosque justo cuando una flecha pasaba a pocos metros de él.

III

En la colina rocosa que marcaba los límites del pueblo de los "Hombres pequeños", un vigía descubrió los restos de uno de los ciervos dorados. El cuerpo destrozado y semidevorado del animal lo alarmó; esto no sucedía desde hacía mucho tiempo, pues todas las bestias voraces habían sido alejadas del bosque sagrado de Duzben... al menos hasta ahora. De inmediato fue a dar aviso de la mala nueva; debían prepararse para afrontar esta emergencia. En seguida se dispuso una cuadrilla que salió a buscar a la bestia intrusa, iban perfectamente armados: los hombrecillos llevaban ballestas, lanzas de punta afilada y todo tipo de trampas y cebos; además, iban acompañados de sus pequeños zorros rastreadores, diminutos animales provistos de un agudo olfato. Se organizaron en varios grupos para una cacería envolvente, no podían permitir que murieran más ciervos sagrados o algún otro animal de estas tierras bajo su protección.

El lobo se percató de inmediato de toda la situación. Nuevamente era perseguido. Parecía que nunca lo dejarían en paz. Se adentró hacia la parte más densa del bosque con astucia y cruzó varios arroyos, pues sabía que de esa manera podría escabullirse de los rastreadores. De repente, frente a él, encontró a un hombre. El lobo se agazapó observándolo con detenimiento, nunca había visto un ser como ese. Era pequeño, demasiado pequeño, parecía un niño; no obstante, supo que era un adulto, su olfato no lo engañaba. El hombrecillo estaba absorto y no se había percatado de su presencia, estaba entretenido raspando algún utensilio. El lobo decidió rodearlo y alejarse del lugar intentando pasar desapercibido; a lo lejos alcanzó a escuchar el alboroto de la cacería. A pesar de su sigilo, algunas ramitas se quebraron a su paso y de inmediato Lizerbas movió sus puntiagudas orejas y volteó hacía el lugar donde se encontraba la gran fiera, impactado. El pequeño gnomo sustrajo un diminuto cilindro en forma de arcabuz, uno de sus inventos; era el momento para probarlo. La gran fiera se percató de los movimientos del hombrecillo, erizó los pelos del lomo y emitió un profundo gruñido para ahuyentar a su posible atacante, su intención no era dañarlo, pero dadas las circunstancias debía defenderse. Sin embargo, el gnomo no se decidía a atacarlo, este lobo era una magnífica bestia. Ambos se miraban fijamente a la expectativa de lo que haría cada uno, pero ninguno se movió. Así permanecieron unos instantes hasta que la fiera dio un gran salto y se internó en la espesura del bosque, Lizerbas simplemente observó cómo se alejaba, era el primer encuentro con el gran lobo Ulfías, como le llamó, y que significaba: "el señor del bosque".

Unos instantes después llegó al sitio uno de los grupos de la cacería y se quedaron asombrados viendo a su congénere.

—¿Viste al lobo? ¿Por qué no utilizaste tu arma? Ahora tenemos la amenaza de la bestia sobre nuestro pueblo y tú serás responsable de lo que pueda suceder—, le reclamó airado Darto, el comisario.

Acto seguido los grupos de cacería se marcharon a su aldea: el gran lobo se había escapado. Lizerbas permaneció un rato más en esa parte del bosque, por alguna extraña razón sabía que la fiera no lo atacaría. No obstante, tomó ciertas precauciones: llevaba su arma luminiscente a la mano. La había construido con elementos que halló en las montañas azules que su pueblo utilizaba como aprovisionamiento de minerales y para cubrir sus necesidades de carbón y metales para sus utensilios y armas. La mayoría de los habitantes de Duzben vivía en las cavernas adyacentes, pues su principal actividad era la minería; aunque había algunos que se dedicaban a cosechar hortalizas y otros cuidaban los bosques. Lizerbas en lo particular habitaba en la parte más alejada de las cuevas ríspidas del sur. Su pueblo también se dedicaba al comercio en menor escala, que llevaban a cabo con algunas de las aldeas de los "Hombres grandes" que vivían en los límites de su territorio, hacia el sur. En ocasiones también comerciaban con los faunos y centauros de tierras más lejanas.

Los minerales que Lizerbas descubrió se encontraban en las vetas menos exploradas donde, por temores supersticiosos, no acudían los gnomos, pues se contaba que había sido hogar de los ogros de los lagos adyacentes. Para fortuna de los "Duzbanianos", estos seres monstruosos ya no se aparecían por estos lugares. En sus andanzas, Lizerbas descubrió un metal brillante de tono azulado sumamente resistente, incluso más que el hierro, y un extraño mineral incandescente que emitía luces que al agruparse "quemaban". Este último era el componente principal de su arcabuz, y con un poco de pólvora era suficiente para que proyectará un rayo mortífero que quemaba todo lo que tocaba: era fabuloso. En combinación con el extraño metal, al cual bautizó como "Lizerbio", creó un excelente artefacto. Si lo hubiera utilizado contra el gran lobo lo habría desaparecido.

Mientras tanto, Ulfías se alejaba lo más posible de sus perseguidores, y aunque sabía que ya habían desistido de su búsqueda, prefería mantener una distancia prudente entre los hombrecillos y él.

Había tenido que dejar los bosques donde habitaban los hombres, pues se adentraban cada vez más en sus territorios y lo acechaban continuamente. En una de sus salidas unos cazadores encontraron su guarida y mataron a su pareja y a sus lobeznos, ya no podía permanecer más en ese lugar que tantas penas le había causado. Se dirigió entonces hacia el norte hasta llegar al territorio de los gnomos. Y helo ahora aquí nuevamente: perseguido y odiado. Buscó un sitio apropiado para guarecerse y pasar la noche; en sus andanzas encontró una cueva al pie de una montaña, la entrada parecía haber sido disimulada con matorrales; sin embargo, su penetrante olfato le indicó que ahí no encontraría problemas. La cueva era cálida y no estaba habitada, era perfecta para su cometido. La exploró un poco y encontró diversas galerías que se comunicaban entre sí, pero el cansancio era tal que se quedó profundamente dormido pero alerta, como era su costumbre. Sus sentidos nunca descansaban del todo.

IV

Esa mañana Lizerbas decidió mudarse temporalmente al extremo norte del territorio pues ahí tenía su "laboratorio secreto". Comentó en la aldea que iría en búsqueda de algún nuevo descubrimiento para sus "inventos", lo cual no causó gran sorpresa ya que era común que de vez en cuando se alejara de la ciudad. Aun así, algunos de sus vecinos le comentaron que tuviera cuidado con la gran fiera que merodeaba los alrededores. Partió de inmediato y para el ocaso estaba llegando al valle de los sueños: lugar donde habitaban las ninfas albas, las cuales le respetaban, le conocían bien, y por lo mismo le permitían cruzar sus tierras sin problema. Algunas veces les ayudó con algún invento, como cuando les entregó los "succionadores de flores", con lo cual podían conseguir el néctar que tanto les gustaba sin tanta dificultad. Pernoctó ahí en una hondo-nada y al día siguiente continuó su marcha. Seguía la parte más complicada, la región que se extendía en su camino era territorio de algunas bestias y seres malignos y peli-grosos, como los "araguari, con grandes garras y afilados dientes. Lizerbas sabía que podría dar cuenta de ellos fácil-mente con su arcabuz, si es que se topaba con alguno de estos seres infernales. Para media mañana estaba al borde de las montañas donde se encontraban las cavernas hacia donde se dirigía. Tendría que ir por el paso siniestro que muy pocos se atrevían a cruzar, sin embargo, se encaminó decido, pues por ahí acortaría un gran trecho de camino que significaba no tener que subir por las laderas empinadas del sur de la cadena montañosa. Se acercaba a la parte en que el camino torcía, acercándose al acantilado, desde donde se podía apreciar el horizonte que se perdía a lo lejos en el gran mar de los suspiros. Decidió utilizar el atajo que pasaba bajo las montañas para salir justo al otro lado de la colina de Miramar, camino frecuentado por el gnomo cuando visitaba esta parte de Velarunia. Se había dedicado en sus andanzas a explorar todo tipo de cuevas, pues eso le fascinaba. Después de andar un trecho que bajaba se encontró en el "salón de las sombras" —le encantaba ponerle nombre a todo—, ahí decidió descansar un poco y beber del agua cristalina del arroyo subterráneo. Llevaba sus "lámparas de cristal resplandeciente", las cuales alumbraban perfectamente hasta en la densa oscuridad de las entrañas de la tierra; las encontró en las "grutas del encanto". Después de descansar continuó su camino. Ahora seguía la pendiente que comunicaba con la salida norte. Después de una vereda tortuosa alcanzó a vislumbrar la luz de la salida, a la cual se encaminó con resolución. Llegó exhausto a la puerta norte y salió complacido de su gran ingenio; pensó: "las rutas que he descubierto nadie más las conoce, quizá algún día dibuje unos mapas".

Se dirigió a la orilla del acantilado para disfrutar del hermoso paisaje; le encantaba la soledad, mas en ese instante algo llamó su atención. En la pequeña bahía que se encontraba abajo del acantilado observó un extraño navío, era un gran barco. "No puede ser —exclamó indignado—, los "Hombres grandes" han profanado mi santuario". Con su aguda visión alcanzó a distinguir movimiento sobre la cubierta de la embarcación, eran extraños personajes y tenían una gran bandera cadavérica. "¡Que mal gusto!", caviló, y decidió averiguar un poco más. Cuando se lo proponía era muy sigiloso, y salió de su guarida con su mochila al hombro y con todos sus "instrumentos"; "quizá necesite usar alguno", musitó suavemente. Pretendía bajar a la pequeña bahía por el "estrecho rocoso", justo cuando se dirigía hacia ese punto vio algo que lo dejó atónito. Enfrente de él, cerca del borde, se alzaba una gran casa semiderruida. "Algo no está bien aquí, esa casa no estaba en ese lugar, de eso estoy seguro. Hay algo mágico en todo esto", pensó. La curiosidad era su principal don, o quizá su perdición. Para Lizerbas todo misterio era un reto, siempre que hubiera algo que descubrir su espíritu estaría ávido y dispuesto a investigar. Se acercó discretamente a la fachada de la casona, la puerta estaba abierta, era de hierro forjado con gran delicadeza. Se quedó observando algunos instantes la hechura de la misma, era muy interesante para él. Finalmente entró en la casa y se dirigió al descuidado jardín del frente que tenía hierba crecida, al grado que en algunas partes el hombrecillo quedaba cubierto por completo. Hacia el poniente vio un enorme roble y decidió treparlo. Para su suerte, en el ventanal de esa parte había un cristal roto por el cual pudo escabullirse gracias a su pequeño tamaño. Entró en una gran habitación desordenada y después a un corredor al fondo del cual había una puerta semiabierta; esto llamó su atención. Percibió algo y se puso alerta, sacó su inseparable arcabuz de su maletín y se acercó con sigilo, no quería hacer ningún ruido que alertara a quien pudiera estar ahí. Se asomó discretamente y la escena que observó fue sorpresiva: el lugar era una biblioteca con algunos libros que se esparcían por el suelo y muchos más en anaqueles. En eso descubrió a un grupo de niños, sí, eran cuatro mozalbetes y una pequeña, todos leyendo. Estaban tan entretenidos que no se percataron de su presencia, de inmediato se dio cuenta que no representaban ningún peligro, pero en ese momento se recargó en la vieja puerta y un trozo de madera podrida se desprendió, cayendo en el suelo y provocando un sonido leve, pero suficiente como para que uno de los niños volteara hacia donde se encontraba el gnomo. Rápidamente se hizo a un lado, se dirigió hacia el ventanal y se escabulló por donde había entrado, justo cuando el niño se asomaba a la puerta, pues le pareció ver una sombra pequeña y furtiva que se alejaba rápidamente hacia el exterior de la casona. Mauricio volteó a ver a sus compañeros, pero al parecer ninguno de ellos escuchó nada, y con un leve escalofrío decidió continuar su lectura, aunque una inquietud lo embargó.

Lizerbas salió rápidamente del lugar y se encaminó a la cueva que ahora le parecía un refugio seguro; no pensaba utilizar su arma en unos niños aunque fueran cachorros de los "Hombres grandes", que nunca habían sido muy bien vistos por su pueblo: sería incapaz de hacerles daño. Llegó a la entrada de la cueva y otra sorpresa se suscitó en ese momento, justo enfrente de él se posaba ruidosamente un extraño ser alado; una aparición horrible aun para él, que estaba acostumbrado a ver todo tipo de seres abominables. Era flaco, escuálido y de grotesca figura, ahora lo observaba fijamente; sin embargo, Lizerbas no percibió peligro de aquel ser, más bien era curiosidad. Sacó su arma por si acaso y aguardó, apuntando al horrible engendro.

—Aléjate de mí, ser demoniaco, o te mando al abismo.

El extraño ser intentó decir algo pero en ese momento se escuchó un estruendo y surgió una bola de fuego del cielo que se dirigió muy cerca del lugar donde se encontraban. Era un artefacto extraordinario que se posó suavemente a un lado del acantilado, enseguida se escuchó un sonido seco y se abrió una puerta metálica. Ante sus ojos salió un hombre enfundado en una extraña vestimenta de color gris, como si fuera de metal; el hombre los observó igual que ellos a él, todos atónitos. Estos encuentros estaban resultando demasiado extraños y eso no fue todo, algo más llamó su atención: escucharon en ese momento un galope rítmico. "Algún jinete perdido", dijo el hombrecillo. En efecto, se apareció ante ellos un enorme corcel, pero no cualquier caballo: este era un enorme centauro. Lizerbas los conocía, aunque nunca andaban por estos lares. El fiero centauro los miró unos instantes y como si algo lo apremiara se dio media vuelta, partió galopando por donde había llegado. De inmediato el hombre metálico se lanzó raudo en persecución del gran centauro el ser alado alzó el vuelo. Lizerbas, sin saber exactamente por qué, también los siguió; tan veloz como podía, ya que sus cortas piernas no le permitían ir muy de prisa. Llegó a un claro sin ver a ninguno de los singulares seres y se recargó un instante en un árbol para sacar algo de su mochila —unos catalejos de visión periférica—; mientras tanto, arriba de él, en el mismo árbol, el vampiro lo observaba curioso sin malicia alguna, procurando pasar desapercibido. A lo lejos, y justo enfrente de ellos, ambos vieron al hombre metálico regresar corriendo, y hacia el noreste apareció el centauro haciendo sonar su cuerno con un llamado a batalla. Todo esto sucedía en breves instantes, todo era incomprensible y fascinante para el gnomo; entonces un destello intenso cegó momentáneamente a Lizerbas y enseguida todo estaba en calma. No había rastro alguno de sus fugaces compañeros.

Después de unos momentos el pequeño hombrecillo decidió regresar a la cueva y ver si había algún indicio que le pudiera explicar todo lo sucedido. Llegó al lugar y nada, simple y sencillamente habían desaparecido. En ese momento recordó que en el camino se había alimentado de las pequeñas bayas silvestres llamadas "las cautivadoras", y evocó que algunos en su aldea decían que suelen ocasionar alucinaciones. "Vaya, seguramente fue sólo eso", dijo Lizerbas. Decidió continuar con su camino, ya era demasiado para un solo día.

Nuevamente tomó la vereda y se dirigió a la última etapa de su viaje; iba tan ensimismado con los sucesos y alucinaciones recientes que no se percató de que una gran bestia se agazapaba tras unos matorrales. Unos ojos rojizos brillaban con ferocidad, y para cuando Lizerbas se dio cuenta de la presencia de la bestia era demasiado tarde. El enorme animal se abalanzó sobre él, el hombrecillo no tuvo tiempo de hacer nada y mucho menos de sacar su azulado arcabuz; justo cuando esperaba recibir la dentellada de la fiera se escuchó un golpe seco, y vio cómo el gran lobo Ulfías derribó a un araguari y se enfrascó en una brutal lucha. Aunque el devorador de hombres, como también le llamaban a esas bestias, era más corpulento que el lobo, éste tenía gran agilidad y esquivaba hábilmente los zarpazos mientras que las mordidas del lobo hacían daño a la bestia. Lizerbas se había quedado impactado, pero reaccionando sacó rápidamente su arma; era difícil apuntar a la fiera pues los combatientes se movían demasiado y no quería lastimar al lobo. Hubo un momento en que Ulfías pareció darse cuenta de lo que intentaba hacer el gnomo, entonces trepó a una roca y simuló que se iba a arrojar nuevamente sobre la enorme bestia; fue en ese preciso momento que el gnomo accionó su arma. Un destello azulado salió del arcabuz haciendo blanco perfecto en la enorme bestia que enseguida se hizo polvo, prácticamente desapareció. El enorme lobo se encontraba herido, después de todo se enfrentó a un formidable rival. Se recostó y se desvaneció.

Como pudo, el gnomo arrastró al gran lobo hasta su cueva-laboratorio. Ahí lo atendió y le puso unos vendajes. Por cierto, esta era la misma caverna donde Ulfías había instalado su guarida también. Uno de los pasadizos llevaba justo al "salón de disecciones", donde se encontraban ahora. Después de unas horas Ulfías despertó y se incorporó de inmediato, aunque el dolor lo hizo caer de nuevo. Frente a él, el extraño hombrecillo le sonreía displicente y agradecido. El gran lobo supo en ese momento que ahí no corría ningún peligro, y acercando su hocico al gnomo le lamió las pequeñas manos. Cayó nuevamente en sopor después de que el hombrecillo le diera un brebaje.

En la aldea de Duzben ya extrañaban a Lizerbas, nunca se había tardado tanto en regresar. Le echaban de menos sobre todo por sus inventos, pues eran muy útiles y necesarios.

Hay quien dice que por las lejanas montañas del norte alguien vio al gnomo encaramado en un gran lobo gris, y que juntos recorrían los parajes a la luz de la luna. Lo cierto es que Lizerbas nunca más volvió al pueblo. Cuentan que quizá se transformó él mismo en una bestia salvaje que guiaba a los gnomos aventureros por las tierras indómitas del agreste norte.

El viajero
del Cosmos

I

Boris Zermenkov verificó que todos los dispositivos de la nave funcionaran correctamente: el regenerador de atmósfera, el propulsor anti gravitacional, todo en orden. El impulso que lo lanzó desde el satélite Europa lo colocó, después de algunos giros orbitales, en las coordenadas espacio-temporales precisas. En unos segundos más debería aparecer ante su vista la imponente nave nodriza: "El Velerión", uno de los principales trasladadores de la flota; asignado al abastecimiento de las colonias del cuadrante "Helios IV", el más lejano de la Tierra en el Sistema Solar y donde se encontraban los planetas, Saturno, Urano y Neptuno, de los más alejados de esa zona.

La nave que tripulaba Boris era de las llamadas "vástago", operadas automáticamente con sistemas confiables, por lo cual no requerían más que sólo uno o dos cosmonautas para verificar su adecuado funcionamiento. La cabina biótica era relativamente pequeña, pero bien adaptada para las funciones humanas; el resto de la nave era un gran depósito repleto, normalmente, de insumos, refacciones y alimentos para las colonias. Aun así, sus casi doscientos metros de longitud se empequeñecían ante la inmensidad de "El Velerión".

El comandante Zermenkov verificó en el plasmovisor el tiempo que faltaba para que las intersecciones se unieran en el momento y lugar indicado para que la nave vástago "Arquímedes" se implantara en la nave nodriza. En ese instante un suave sonido y una luminiscencia violeta indicó el "instante-lugar" para iniciar las maniobras correspondientes. Sin embargo, para sorpresa de Boris no apareció ante su vista la nave nodriza. De nuevo verificó todos los controles, marcaban que la operación de ensamblaje estaba en proceso, que todo era correcto, pero... nada. De inmediato activó el intercomunicador digital sin obtener respuesta, sólo se escuchaba un ligero murmullo como un ronroneo, si cabe la expresión. El cosmonauta no salía de su asombro, cuando se escuchó la melodiosa voz artificial del ordenador que controlaba la nave, diciendo: "Ensamble perfecto; operación de implantación exitosa; temperatura de nave nodriza, 19° C; temperatura de "Arquímedes", 17° C; eje de inclinación orbital, 45° con respecto a Saturno; indicador diferencial de gravedad, 4%; niveles de oxígeno-atmósfera entre ambas naves con una leve variación del 2.5%. Resultados adecuados para organismos vivos. Comandante Zermenkov puede usted proceder".

Boris se quedó atónito.

—Vaya, es la primera ocasión en que me juegas una broma. No sabía que hubieran instalado el humor negro en tus programas. ¿A qué te refieres? ¿A dónde quieres llegar con este juego?

Sin embargo, la computadora permaneció en silencio.

—Bueno —dijo Boris molesto—. Además, ahora no me respondes. Nunca antes te habías salido del protocolo espacial. Seguramente "El Velerión" se desplazó de su posición pero... ¿Por qué no le avisaron para reprogramar el punto de contacto espacio-temporal? —reflexionó Boris.

Era un hombre como la mayoría de sus congéneres, acostumbrado a la precisión que ofrecía la tecnología. No alcanzaba a comprender lo que estaba sucediendo, para él lo "necesario" era lo normal, lo habitual, simplemente no existía lo contingente...bueno, hasta entonces. Acto seguido, Boris buscó, sin éxito, en los monitores y archivos electrónicos de la nave algún dato que indicara un error, pero no: todos los parámetros y protocolos indicaban "operación exitosa". "Me debo estar volviendo loco o esto es un sueño", pensó Boris. Súbitamente un destello iluminó el espacio y justo enfrente del "Arquímedes" se apareció un enorme aerolito que se encontraba estático, como si estuviera atrapado en un campo energético, pero los sensores de la nave no detectaron nada en ese momento. Boris conectó el campo de protección por su cuenta, considerando una eventual colisión; procedió a desarticular la cabina de mando de la parte anterior de la nave con la intención de aproximarse a la roca y tener mayor maniobrabilidad. Decidió conducir manualmente el módulo y desactivó el sistema maestro. Se desprendió de la "Arquímedes" para acercarse suavemente al enorme cuerpo opaco que se había materializado ante sus ojos.

Se dirigió al borde más próximo del aerolito, en donde se percibía un extraño brillo verdoso. Las coordenadas donde ahora se ubicaba el cuerpo celeste concordaban con las mismas donde en teoría debería estar "El Velerión". Un nuevo destello, la fuerza que mantenía inmóvil al aerolito cesó y la inmensa roca inició un movimiento circular rotatorio leve. Por lo mismo se detectó de inmediato una pequeña fuerza de atracción ligera; rápidamente Boris revisó el sistema anti gravitacional para evitar colisionar con el aerolito, ya que de esta manera podría acercarse sin problemas. Hecho esto prosiguió su desplazamiento hacia donde estaba el resplandor verdoso, la nave se dirigía con suavidad hacia una gran abertura en el aerolito. A lo lejos observó el tenue brillo del Sol, que se perfilaba sobre el horizonte; Boris sintió un poco de nostalgia, lo que sucedía en muy pocas ocasiones. El cosmonauta se consideraba a sí mismo como un hombre práctico, insensible y lógico, pero a veces, sólo a veces, ciertas emociones lo embargaban. La extraña luz esmeralda parecía provenir de una hondonada en el borde cercano al objeto celeste. Tomando en cuenta los giros propios que ahora tenía el aerolito, y suponiendo una inclinación determinada del eje en relación con Saturno —cuya enorme fuerza gravitacional se manifestaba ahora plenamente sobre el cuerpo celeste y lo mantenía orbitando alrededor suyo—, el pequeño módulo llegó a la cúspide de la orilla luminiscente desde donde se apreciaba un gran abismo, el cual bajaba casi verticalmente en la roca hendida. Además, al fondo se veía cómo se angostaba hasta donde había sombras, al parecer la entrada a una caverna, de la cual, observando más detenidamente, provenía una luz mortecina. En las paredes del abismo se apreciaban una infinidad de piedras cristalinas que repetían la luz verde por toda la hondonada, hasta donde alcanzaba a ver Boris, quien guiaba hábilmente la pequeña nave por la ladera hacia la gruta. Por su mente ya no pasaba el misterio de la desaparición de "El Velerión"; sentía una gran curiosidad por explorar esta enorme piedra y su enigmática caverna. La entrada era lo suficientemente grande para que el módulo pasara sin problemas, el sensor gravitacional marcaba tres "gravedades", por lo cual Zermenkov podría dirigir la nave sin el propulsor anti gravitacional, que en ese momento desactivó. Así, el comandante Zermenkov continuó sumergiéndose en la gruta. Las paredes de la roca parecían tener vida propia, ya que ahora los brillos, además del tono esmeralda, se mostraban azulados y blancos; se filtraban entre nubes de polvo cósmico, el lugar estaba lleno de luz y color: todo un espectáculo. Boris siguió descendiendo fascinado, más adelante la cueva comenzó a estrecharse, por lo que la conducción de la nave se complicaba, y como a 200 metros adelante la nave espacial ya no pudo continuar; Boris posó suavemente el navío en una roca saliente.

Intentó explicarse la relación que debía existir entre el aerolito y la nave nodriza. "¿Acaso sería un canal transdimensional o algo similar?". En estas cavilaciones se encontraba cuando surgió un nuevo y más brillante resplandor que se reflejó en la entrada de la cueva. Rápidamente Boris tomó los controles y dirigió la nave hacia la salida; estaban sucediendo cosas extrañas y había que investigar, no sólo por la aparición de esta enorme roca, sino por todos los acontecimientos durante toda la operación.

Llegó a la entrada de la cueva y de ahí se dirigió al borde crepuscular. Al tener la visión del exterior buscó vanamente a Saturno, que instantes antes aparecía majestuoso ante él, así como a sus satélites. ¡Habían desaparecido! Entonces Boris buscó el astro solar y dirigió su mirada hacía donde debería estar o a donde suponía que se encontraba. Finalmente lo alcanzó a observar, aunque en un ángulo completamente diferente y, lo más extraño, aparentemente a mayor distancia. El cosmonauta llegó al "Arquímedes" y reinstaló el sistema automático, la computadora se reconectó.

—A sus órdenes nuevamente, comandante Zermenkov.

A Boris le pareció percibir un ligero tono de sarcasmo en la voz computarizada del ordenador, sin embargo, esto lo atribuyó a su estado emocional alterado por los últimos acontecimientos. "Eso es imposible", pensó.

—¿Dónde nos encontramos exactamente? —preguntó Boris al ordenador—. Revisa las coordenadas espacio-temporales y dime los cuadrantes.

—Cuadrante 6-A, Helios E, del año 2728, según datación terrícola —dijo la computadora después de unos breves instantes.

—Vaya. En cuanto a la ubicación creo que podría coincidir contigo, pero en cuanto a la temporalidad estás en un error. Recuerda que estamos en el año 2930. ¿Me confirmas este último dato?

—Datos confirmados, comandante. Estamos en el año 2728 —contestó el sistema.

—¡No puede ser! —gritó Boris, dirigiéndose al "observatorio" de la nave y dando indicaciones a la computadora—. Activa el mapa celeste en la bóveda.

El cosmonauta revisó detalladamente las coordenadas espaciales que aparecían en el mapa de acuerdo con su posición y, en efecto, cuadraban con lo dicho por la computadora.

—Ahora activa el perícrono —dijo Boris.

El cosmonauta revisó en detalle la información, le pareció encontrar un desajuste y exclamó:

—¡Aquí está! El lapso de tiempo se modificó en función de aproximadamente 1,900 cronias.

—Comandante Zermenkov, he localizado a la nave nodriza "El Velerión". Se encuentra en cuadrante de acoplamiento e implantación a dos minutos y 33 segundos en el borde opuesto del aerolito "Zermenkov".

—Tiempo de avistamiento: un minuto con cuatro segundos —dijo el ordenador súbitamente.

—Vaya, ahora hasta nombre le has dado al planetoide —exclamó Boris.

II

"El Velerión" apareció en toda su magnificencia y la nave vástago se dirigió directamente al cuadrante de acoplamiento con absoluta precisión. De inmediato Boris entró en la nave nodriza, mas sucedía algo extraño: no había movimiento. Generalmente lo recibía Ilia, y aunque era un personaje hosco ahora lo extrañaba. Se escuchó la voz suave del ordenador de la nave.

—Bienvenido a bordo, comandante Zermenkov. Espero recibir instrucciones.

El cosmonauta recorrió la nave intentando encontrar a alguien, pero no había signos de seres vivos. No obstante, la nave parecía estar en perfectas condiciones operativas, aparentemente todo estaba funcionado a la perfección. Enseguida se dirigió al sistema central.

—Indícame —le dijo a la computadora— nuestra posición exacta y el año en que estamos.

El ordenador contestó de inmediato y confirmó los datos que le había proporcionado la computadora del "Arquímedes"

—Esto es una locura —exclamó.

A la distancia se veía el enorme asteroide que orbitaba, así como "El Velerión" alrededor del campo gravitacional de Saturno, que nuevamente estaba a la vista.

—Hay una completa alteración en los sistemas o en mis percepciones, debo estar sufriendo una alucinación exocerebral o algo peor —dijo Boris tomando su cabeza con ambas manos, y de inmediato reflexionó—. Este planetoide es obviamente responsable de estas alteraciones espacio-temporales y las respuestas las debo encontrar ahí.

Se dirigió hacia una de las pequeñas naves exploradoras del trasladador y se preparó para regresar al cuerpo celeste. Parecía que estaba inmerso en una paradoja cósmica y tenía que encontrar la respuesta. Voló entonces hacia el borde que investigaba anteriormente, la pequeña nave llegó el abismo que daba a la gran caverna, pero, ¡oh sorpresa!, la cavidad ya no estaba en ese lugar; o al menos los sensores indicaban que era el mismo sitio donde estuvo momentos antes. Ahora se presentaba ante él un paisaje por completo diferente. Parecía una alucinación: tenía ante él una llanura arbolada y pletórica de vida, como si se encontrara en una burbuja vital. La nave cruzó un cielo entre nubes y una atmósfera de un azul brillante; la fricción natural del aire encendía parte del fuselaje de la nave, la cual no recorrió gran trecho, y en una nube de polvo y resplandores Boris posó la nave al pie de un acantilado ante una vista extraordinaria. "¿Qué es esto, qué pasa?", dijo Zermenkov.

Decidió descender de la nave. Al abrirse la compuerta, con un sonido metálico, contempló un espectáculo insólito: frente a él se encontraban dos seres como sacados de alguna fantasía onírica. Las dos extrañas creaturas lo voltearon a ver, impactados ante la súbita aparición de la nave. Eran un hombrecillo de tono verdoso y orejas puntiagudas, que sostenía en la mano un extraño artefacto, y un ser grotesco, alto y demasiado flaco, con unas extrañas alas membranosas y un rostro pálido surcado de arrugas. Parecía que ambos dialogaban. Algo más llamó su atención: sobre el tranquilo mar de la bahía el cosmonauta alcanzó a ver un viejo gran galeón, que además ondeaba una bandera cadavérica. No alcanzaba a comprender qué estaba sucediendo. Se hizo un ambiente tenso entre los tres personajes, enmarcados con el viejo barco pirata. Y además Se escuchó el inconfundible trotar de un caballo; prestos los tres inusitados compañeros voltearon hacia el bosque, de donde salió un magnifico ejemplar equino, pero no era eso, era más bien un gran corcel: una aparición mitológica. Un enorme centauro los observaba fieramente. De repente el gran caballo-hombre dio media vuelta y se internó nuevamente en el bosque aledaño, como si algo urgente requiriera su presencia. En ese instante Zermenkov brincó de la nave hacia el suelo y se dirigió apresuradamente en dirección hacia donde se marchó el centauro; detrás de él, el Gnomo y el vampiro, también se lanzaron tras la enigmática aparición. Todos estaban sumamente intrigados. El gran centauro iba en presurosa cabalgata y el cosmonauta, sin motivo aparente, iba en alocada carrera. Entonces distinguió, a unos metros del camino, una vieja casona semiderruida enfrente de él que se alzaba imponente. Boris se quedó expectante frente a la vieja mansión y finalmente decidió entrar. Debía averiguar todo lo que estaba sucediendo de alguna forma, tenía que encontrar respuestas. Se deslizó furtivamente hacia el patio posterior de la casa y en un viejo ventanal se asomó al interior. La escena que vio fue sorpresiva: ahí se encontraban unos niños, todos enfrascados en la lectura, tanto que no se percataron de su presencia. Sólo uno de ellos pareció percibir algún movimiento y volteó con rapidez hacia la ventana. Una imagen plateada y difusa fue lo único que Fabián alcanzó a distinguir, de inmediato volteó a ver a sus compañeros quienes, absortos, al parecer no se habían percatado de nada. Él, por su parte, se incorporó y se acercó al sitio donde había visto, o le pareció haber visto, a un hombre plateado, pero nada. No había nadie ahí. Decidió, un poco temeroso, continuar con su lectura, no obstante, estaba inquieto y alerta.

Mientras tanto, Boris salió de la casa; sólo eran unos jovencillos, de seguro si lo veían enfundado en su traje espacial se atemorizarían. Decidió buscar a los otros extraños seres que lo acompañaban para cuestionarlos, sin embargo, ya no aparecían por ningún lado regresó corriendo y En el camino distinguió al horrendo vampiro que, agazapado en una rama, lo miraba fijamente; debajo de él, el hombrecillo buscaba algo con premura en su mochilita: Por lo cual aunque lo vio no le prestó mucha importancia en ese momento. Apareció también el centauro de nuevo, quien tomó su cuerno y lo sopló, emitiendo un sonido fantástico. En ese fugaz instante un gran resplandor cubrió todo y el cosmonauta se encontró de nuevo en el "Arquímedes", justo en el momento en que iba a iniciar el proceso de ensamble con "El Velerión". El ordenador le decía:

—Comandante Zermenkov, proceso de acoplamiento exitoso. Condiciones de gravedad, atmósfera y temperatura adecuadas.

Se abrió la compuerta y el inconfundible rostro de Ilia se apareció ante él.

—Listo Zermenkov, el almirante te espera para el reporte de vuelo.

—Espera un momento —le dijo Boris—. ¿Detectaron el asteroide en el cuadrante 6-A? Es indispensable regresar ahí, unos seres extraños acechan a unos pequeños; tenemos que hacer algo.

Ilia lo miró consternado.

—Vaya, parece que el síndrome del cosmonauta solitario finalmente te ha afectado, Boris. Pero no te preocupes, enseguida te llevo al procesador de eliminación neuropsicotrónica y tu vida volverá a la normalidad.

Dicho esto Boris se dejó llevar tranquilamente al dispositivo, no le gustaban las ensoñaciones y alucinaciones, él era un hombre práctico con mentalidad científica, y lo que le había sucedido, si es que sucedió, ya lo estaba desquiciando y confundiendo.

Prefirió regresar a los procedimientos rutinarios y se introdujo obediente a la cabina del laboratorio.

El centauro de la montaña

I

Un enorme centauro se dirigió derecho a donde se servía oscura cerveza, famosa en la ciudad de Albacia. La barra centaúrica estaba al fondo de la taberna repleta; por supuesto que no había asientos especiales para los de su especie, de hecho no usaban prácticamente ninguno. El viejo tabernero le sirvió un gran tarro y exclamó: "¡Braiz!", como acostumbraban brindar los centauros. El tabernero miraba de soslayo a Mazar, el centauro; entre sus razas nunca había existido mucha cordialidad. Es más, en épocas anteriores se encontraban en un estado de franca hostilidad y aún ahora en algunas regiones la situación era complicada entre sus especies. Duaiz, el tabernero, pertenecía al grupo de los barbanianos del norte, mientras que Mazar venía de la región de los montes centaúricos al noreste de Nuriat la bella. El centauro vació el contenido del tarro de un enorme sorbo y enseguida puso el tarro frente a Duaiz, quien lo volvió a llenar. La actitud de ambos era aparentemente tranquila, aunque se apreciaba cierta tensión. El tabernero acarició su cimitarra por instinto, como previniéndose ante el impetuoso semicorcel. Por fortuna, y para la tranquilidad del lugar, no pasó nada. Mazar se dirigió a la salida después de tomar otros dos tarros;

afuera de la taberna había un gran alboroto, el centauro no se sorprendió pues era común que se suscitaran constantes problemas y riñas en la ciudad. Un guerrero de Periat se enfrentaba con un gigantesco barbaniano que ceñía una enorme hacha de doble filo, pero no alcanzaba a dañar al hombre; la habilidad del guerrero era extraordinaria y aunque el barbaniano le doblaba la estatura y le triplicaba el peso, el peratiano se movía ágilmente, ninguno de los golpes de hacha del hombretón lo tocaban. Por otro lado, las estocadas de la espada del guerrero hacían blanco en los brazos y en las piernas del hombretón. Era perceptible que no lo quería herir profundamente o matarlo, al menos en ese momento; parecía entretenerse con él. Alrededor de ellos una turba de seres diversos gritaban y aullaban, apoyando a uno u otro de los contendientes. Mazar no pretendía quedarse mucho tiempo a observar la contienda, y dando media vuelta se alejó parsimoniosamente del lugar. Apenas había avanzado unos cien metros cuando una punzada en su cuarto trasero lo hizo reaccionar, volteando encolerizado y observando un pequeño dardo clavado en sus ancas. De inmediato, con mirada iracunda, buscó al valiente imprudente que había osado atacarlo. Para su sorpresa vio que aquel hábil guerrero que instantes antes luchaba con el barbaniano, que ahora yacía a sus pies, sostenía una pequeña ballesta de donde seguramente había partido el proyectil que se alojaba en su carne. El guerrero, a pesar de la situación, parecía no inmutarse; al contrario, esbozaba un gesto de desenfado y burla en su pálido rostro. Los curiosos sabían que habría más acción y raudos se prepararon para presenciar otra batalla, de seguro más emotiva que la anterior. Mazar se acercaba pesadamente al guerrero, moviendo su enorme corpulencia a cada paso. Era un gran ejemplar de los llamados caballo-hombres; la parte equina era de patas fuertes y largas; tenía un cuerpo musculoso y poderoso, digno espécimen imponente y de gran porte. En su parte humana, el torso, sus poderosos brazos y su cabeza también denotaban gran fortaleza; un cuello grueso sostenía su testa enmarcada por una una cabellera larga y oscura que cubría parte de su rostro con facciones duras. El guerrero, por su parte, lucía empequeñecido ante el centauro; sin embargo, mostraba serenidad y seguridad, era un hombre fuerte para los de su especie: de estatura media y cuerpo robusto cubierto por una armadura gris. Portaba una larga y brillante espada, así como su inseparable mini ballesta, como acostumbraban los guerreros de Periat. Un escudo cónico completaba su indumentaria guerrera. Se había despojado del yelmo y miraba retadoramente al centauro, quien cargaba su enorme espada y, desde luego, su arco y flechas sobre su gran espalda.

La tensión aumentaba a medida que Mazar se aproximaba al guerrero. El centauro desenvainó su espada y la empuñó dispuesto acabar con el audaz guerrero de un solo tajo, no obstante, recordó la forma en que luchó contra el barbaniano y se acercó resueltamente, aunque con cierta precaución. "De todos modos el guerrero no era un digno contrincante para él", pensó el centauro. En ese instante el hombre habló con el acento típico de su pueblo; suave y pausado a la vez.

—Salve Mazar, gran guerrero de las tierras centaúricas y gran amigo de los pueblos humanos de Periat, Nuriat y Aniat. Te saludo en nombre del congreso de mi ciudad y también de mi padre, Ebasán, quien antes de morir me pidió que te buscara y te entregara un mensaje importante.

El enorme centauro se quedó observando al joven hombre y finalmente dijo:

—¿Crees que lanzando dardos por la espalda es manera de cumplir tu cometido? Eso es indigno de un guerrero de tu estirpe.

—Tienes razón —contestó el muchacho—, pero el pequeño dardo que te lancé apenas te habrá hecho un rasguño, y además, ¿de qué otra forma podría haber llamado tu atención como ahora la tengo?

Mazar lo seguía observando fijamente. Reflexionó que era intrépido como su padre. El capitán Ebasán de Periat era uno de los pocos hombres por los que quizá hasta la vida hubiese dado. Mientras tanto la muchedumbre se empezó a dispersar al ver que ya no habría acción ni espectáculo.

—No te pareces mucho a tu padre —dijo entonces Mazar.

—En efecto —contestó el guerrero—, mi padre era moreno y alto, yo soy más como mi madre, hermosa amazona del sur. Tengo su pálida piel y su negro cabello.

—Y a todo esto muchacho —le preguntó Mazar condescendiente—, ¿cuál es tu nombre?

—Egreth el audaz me llaman en mi país —contestó.

Finalmente, el gran centauro invitó al guerrero a que lo siguiera y partieron a un sitio más tranquilo y solitario.

II

Caminaron un trecho dirigiéndose a la salida norte de Albacia en dirección al bosque de Fergmallión, lugar no frecuentado sino por unos cuantos aventureros, El denso follaje no permitía que la luz solar penetrara en la parte baja del bosque, por lo cual, a pesar de que el Sol no se ocultaba todavía, iban casi en penumbras. Sin embargo, la aguda visión del centauro penetraba la oscuridad sin mucha dificultad, aunque no era así para Egreth quien alcanzaba a vislumbrar el cerrado camino que había elegido Mazar con dificultad. Algunos pocos rayos de luz se alcanzaban a filtrar entre la hojarasca de los enormes sauces bordianos pero eran insuficientes y el joven sólo tenía una visión parcial del bosque. Había escuchado sobre este misterioso lugar y ahora que lo estaba conociendo podría comprobar las historias que algunos viajeros de su ciudad relataban sobre el mismo. A pesar de cierto temor que el lugar le ocasionaba, el joven sentía una gran confianza por el noble centauro que con tanta agilidad se deslizaba furtivamente por el bosque, sin importar su enorme tamaño.

Hasta ese momento no habían cruzado una sola palabra más, repentinamente el centauro se detuvo en un pequeño claro del bosque.

—¿Acaso el mensaje que me entregarás tiene que ver con el legado de Tindouf? —preguntó el centauro.

Al escucharlo Egreth salió de su somnolencia y le dijo gravemente:

—Así es, y me gustaría mucho que me hablaras sobre este misterio, pues mi padre no alcanzó a decirme de qué se trataba, aunque sí me encomendó entregarlo sólo a ti y que nadie más se enterara. Es más, dijo que lo protegiera con mi vida si era preciso.

—Pues te diré algo muchacho, creo que fuiste bastante indiscreto en la ciudad. Varios albacianos escucharon que tenías un encargo importante para mí y por aquí la curiosidad es un mal hábito —le comentó Mazar, mirando reprobatoriamente al joven guerrero.

—Pero antes dime, ¿cómo están las cosas en el mundo del sur? Cuéntame de la bella ciudad de Nuriat —le pidió el centauro.

—Pues lamento decirte que las cosas no marchan del todo bien en las tierras meridionales, las incursiones de cuadrillas de barbanianos del sur son cada vez más frecuentes; han atacado ciudades y poblaciones que apenas han podido rechazarlos. Los ataques contra las fronteras también han sido constantes, por eso es que no soporté las burlas de aquel barbaniano del hostal con el que me viste luchar —concluyó Egreth.

—En cuanto al legado de Tindouf, antes de que te comente cualquier cosa, necesito verlo —le dijo Mazar al joven guerrero.

Él lo buscó entre sus pertenencias que guardaba en una pequeña mochila; sacó un pergamino y se lo entregó al centauro: era un viejo documento envuelto en una piel de ciervo dorado. Mazar lo extrajo y lo extendió en una roca plana que servía perfectamente para su cometido y lo observó con detenimiento ante la mirada curiosa de Egreth. Contenía un mapa y unas anotaciones realizadas en la antigua lengua de los magos de las montañas abruptas de Ooscum, pero que Mazar quizá podría interpretar ya que tenía algún conocimiento de ese extraño lenguaje. Estaba tan entretenido tratando de descifrar el contenido del documento que no se percató de que la tarde había caído hasta que la oscuridad le impidió continuar. Dejó el pergamino a un lado y se volteó a ver a su compañero, que para entonces dormía plácidamente. Decidió no despertarlo y encendió una fogata, pues el frío empezaba a ser más intenso a medida que anochecía. Hecho esto se dispuso a montar guardia, el bosque de Fergmallión estaba poblado por diversas criaturas y algunas no eran muy amistosas; más tarde la vigilancia le tocaría a su compañero para que él pudiera descansar un rato.

La mañana los sorprendió a ambos completamente dormidos, el cansancio los había vencido y Mazar, al igual que el guerrero, había caído en un profundo sueño. El primero en despertar fue Egreth, quien de inmediato se incorporó —parecía que la mañana ya estaba avanzada— y despertó al centauro, que también se levantó rápidamente, no podía permitirse este tipo de descuidos. Mazar volteó de inmediato y el pergamino aún estaba en el mismo lugar donde lo había dejado, lo tomó nuevamente y se lo dio a guardar a Egreth diciéndole: "Cuídalo, si es preciso con tu vida, como bien dijo tu padre, muchacho. Ahora regreso, voy por algo de comida. Tú aguarda alerta mientras tanto". Tomó su arco y flechas y partió hacia la espesura del bosque. El joven guerrero vio cómo se alejaba Mazar. "El imponente centauro era veloz y hábil como pocos", reflexionó. Escuchó que el caballo-hombre entonaba una alegre canción que decía: "La penumbra del atardecer del lánguido sueño de las ramas, los oscuros estertores del día se van, se van y cuando llegue el brillo matinal mi alma se regocijará, sí, se regocijará". En ese momento Egreth se quedó pensativo y recordó las palabras de su padre: "Hijo, si hay alguien en quien puedas confiar plenamente es en Mazar, el gran guerrero de la raza centaúrica. Búscalo, he escuchado que está en el lejano norte, en las tierras olvidadas; esa región es conocida por ser refugio de desterrados y proscritos de todas las razas, o de aventureros inconformes, como es el caso de mi gran amigo. Es momento de impedir que la secta siniestra de los Ascabaris reencuentre el mapa, si así fuese habría sufrimiento y desdicha en Velarunia y los pueblos libres serán esclavizados, dominados. El Oóstulo tiene poderes para dominar las mentes, y mientras haya pobladores ingenuos más gente caerá bajo su influencia y dominio. Estos nigromantes son gente que busca un poder absoluto para someter a todos los pobladores del mundo, por ello te entregaré un pergamino que indica dónde se encuentra una de las reliquias mágicas; pero sólo alguien como Mazar lo puede descifrar. Desafortunadamente yo estoy muy enfermo, viejo y ya no tengo fuerzas ni para mantenerme en pie, pero tú, hijo mío, deberás continuar con un asunto importante para todos. Encuentra al gran centauro y él te dirá qué hacer".

Egreth pensaba en las palabras de su padre cuando distinguió al centauro a lo lejos, que se aproximaba con un pequeño jabalí y manojos de hojas frescas de sauces bordianos. Recordó que la especie centaúrica no se alimenta de carne, solamente en contadas ocasiones lo llegan hacer por necesidad y en pequeñas porciones y prefieren atiborrarse de hierbas y vegetales en cantidades considerables.

El centauro permaneció en silencio mientras tomaban sus alimentos y fue Egreth quien habló y dijo:

—Creo que es hora de que me digas muchas cosas que aún no comprendo. ¿Qué haremos? ¿Hacia dónde nos dirigimos? Y, lo que más me intriga, ¿qué dice el legado de Tindouf? ¿De qué trata todo este asunto?

Mazar observó al joven guerrero y pensó: "Si supiera lo que nos espera seguramente no me acompañaría". Egreth pareció leer sus pensamientos porque le dijo:

—Estoy dispuesto a afrontar cualquier peligro por difícil que parezca. Vengo en nombre y representación de mi padre, el gran capitán de hombres Ebasán, y si en algo apreciaste su amistad, dime lo que tengas que decir y hagamos lo que tengamos que hacer. Sé que el riesgo y el peligro es grande, no obstante, estoy dispuesto a afrontarlos con entereza —concluyó enfático el joven guerrero.

El centauro tuvo en gran aprecíó por su padre y seguramente su hijo era un digno heredero, sin embargo, no quería poner en riesgo al muchacho.

—Te contaré lo que dice el pergamino, bueno, no todo debido a que hay algunas partes que no he podido descifrar, hace mucho tiempo que no practico esa lengua y algunos fragmentos no los entiendo, por lo cual lo primero que haremos será hacer una visita a un personaje siniestro que nos podrá ayudar a comprender todo el significado. No pensaba recurrir a él porque no es digno de confianza, pero no tenemos otra opción. Te permitiré que me acompañes algún tiempo más, pues aprecio mucho tu compañía, pero cuando las cosas se pongan más complicadas partiré solo a cumplir mi cometido.

Egreth respingó de inmediato y le contestó:

—Ah, eso sí que no. Vine a verte por petición expresa de mi padre para juntos llevar a cabo… lo que tengamos que hacer. Pero nunca regresaré a mi ciudad como un simple mensajero, de eso puedes estar seguro, amigo.

—En ese caso —le respondió el centauro— me veré obligado a partir sin avisarte muchacho —Mazar dio por concluida la conversación y empezó a empacar sus pertenencias mientras Egreth hacia lo mismo, ambos sin dirigirse una palabra más.

III

Caminaron un trecho de terreno plano en un gran valle que se encontraba en los linderos del bosque, el cual, a pesar de que se percibía cierta maldad, era hermoso; algunos ciervos de las llanuras se cruzaban en su camino a prudente distancia. Cada quien caminaba por su lado, pero para el joven guerrero seguirle el paso al centauro representaba un gran esfuerzo. Aunque al principio iban a la par, poco a poco se fue rezagando hasta que sintió que desfallecía y se tumbó a la sombra de un gran roble, sin poder dar un paso más. El centauro tuvo que regresar y amablemente le tendió la mano al muchacho, invitándolo a subir a su lomo. Egreth lo miraba enfadado y Mazar le dijo:

—Como te darás cuenta, esto no es para ti joven amigo. Yo estaría encantado de que me ayudes en este cometido, pero es algo que supera tus expectativas y seguramente también las mías.

El joven lo miró fijamente y le preguntó:

—¿Podrías entonces decirme a qué te refieres exactamente con "tu cometido"? No me has dicho lo que viste en el pergamino y si yo no sé de qué se trata todo esto no podré tomar mis propias decisiones, tienes que contarme lo que sabes.

Mazar sabía que Egreth tenía razón. Decidió hacer una pausa en el camino y se dispuso a poner al tanto al muchacho, era lo menos que su gran amigo Ebasán esperaría que él hiciera para con su hijo. El centauro comenzó a narrar:

—Hace algún tiempo tu padre y yo éramos compañeros de batallas; combatimos contra barbanianos y lahures en las batallas de las llanuras de Amaz, también en la ciudad de Salaz y en muchas otras regiones. Él como el gran capitán de Periat, y yo dirigiendo a los aguerridos centauros de las montañas. Estaba en juego la seguridad y supervivencia de nuestros pueblos, ahora parece tan lejano, pero nuevamente, por lo que me dices, las tierras meridionales están en peligro. Por fortuna, en aquel momento logramos derrotarlos, ahuyentarlos y alejar el peligro; pensamos que tendríamos un respiro, mas no fue así. Los atacamos en su propio territorio y se dispersaron por las regiones agrestes del norte. El problema principal vino después, pues no sabíamos que los dirigía un traidor, uno de los grandes magos de la orden secreta de los Ascabaris. Estaba al frente de ellos: era el sigiloso, orgulloso y despiadado Huriart, experto de arcanos poderes; ambicioso y tramposo que deseaba convertirse en el máximo hechicero de su cofradía.

Egreth lo escuchaba con atención, pero en ese momento algo los distrajo y una sombra fugaz se deslizó atrás de ellos. El movimiento no pasó desapercibido y ambos voltearon de inmediato, sacando sus armas. Con una señal Mazar le indicó al guerrero que se mantuviera alerta, mientras tanto, él se dirigió cautelosamente hacia un lugar donde le pareció ver algo extraño. Era sorprendente ver al gran centauro moverse tan sigilosamente con su enorme corpulencia. En eso se escuchó un agudo alarido y un extraño ser se abalanzó con gran agilidad por encima de Mazar; empuñaba una daga curva y sin que el centauro lo pudiera evitar se le trepó al cuello y asiéndolo fijamente lo sometió con su filosa daga. De inmediato llegó Egreth con la espada desenvainada, y el misteriosos personaje amenazó al guerrero, diciéndole:

—Un paso más y le corto al cuello a tu amigo.

Mazar, como pudo, habló y dijo con enojo:

—Quítate de encima de mí en este instante, Glet —el ser reaccionó hasta ese momento.

—Mazar, ¿eres, tú viejo amigo?

—No, soy tu nana inútil —le contestó muy enfadado el gran centauro—. Vamos, ya bájate y dime qué haces por aquí.

El intruso se apeó y se puso enfrente del centauro, observándolo atentamente.

—Vaya, los años no pasan por ti. Te ves fuerte y rozagante, como en tu juventud.

—Recuerda que los años centáuricos valen por dos de los de casi todas las demás razas de Velarunia —le respondió Mazar.

Egreth observaba asombrado a tan extraño personaje. Era casi de su altura, aunque un poco encorvado. Sus extremidades inferiores terminaban como en unos cascos y las piernas estaban curvadas y peludas, fuera de eso, el tronco se veía aparentemente normal desde una perspectiva humana, mas su cabeza era singular, pues tenía unas largas orejas puntiagudas y en la frente unos pequeños cuernos que recordaban los de las cabras monteses de su tierra. Finalmente comentó:

—¿Y esto de dónde salió? ¿Qué es?

Mazar volteó a ver a su compañero de camino y le dijo:

—Es uno de los pocos faunos que sobreviven en este bosque pues casi todos han emigrado a otras partes más seguras.

—¡Enséñale modales a tu amiguito! Mira nada más cómo se expresa de mí —exclamó el fauno dirigiéndose al centauro, mirando con desconfianza a Egreth.

—Calma, calma —dijo Mazar—. Los presentaré formalmente. Estimado Egreth, te presento a Glet de la heroica raza de los faunos silvestres de Fergmallión compañero mío en algunas ocasiones, valiente como pocos, pero también imprudente y arriesgado hasta el límite. Glet, te presento a Egreth, guerrero de Periat, hábil en las armas e intrépido, aunque impaciente. Es hijo del gran capitán Ebasán a quien tú conociste antaño.

Resultó que Glet era de toda la confianza de Mazar, y aunque no se dio mucha empatía entre el fauno y el guerrero, ahora formaban parte del mismo equipo. De hecho, Glet sabía de la existencia del pergamino y pensaba hallarlo en la ciudad prohibida de Nuar-Hadad, a donde se dirigirían, ya que ahí estaba el sabio que visitarían para solicitarle ayuda en la lectura del pergamino. Debían adentrarse nuevamente al denso bosque de Fergmallión que era conocido aún más ampliamente por Glet, lo que le hizo saber el propio Mazar al guerrero.

—No te preocupes joven amigo, el fauno es vecino del lugar y conoce más resquicios y atajos que nadie.

Sin embargo, el joven guerrero no estaba muy convencido y le dijo sin que lo escuchara Glet:

—No me agrada mucho la idea, pero si tú consideras adecuada su presencia, está bien. Pero eso sí, lo mantendré bien vigilado.

Prepararon sus respectivos cargamentos y se adentraron de nuevo en el misterioso bosque, era lo más seguro si querían evitar toparse con algún viajero incómodo o alguna cuadrilla de forajidos poco amistosa que rondase los caminos de esta región de la Tierra. Caminaron un buen trecho hasta avistar un grupo de casitas semiocultas por la vegetación en un pequeño claro del bosque; ahí, unos seres de la raza del fauno los recibieron. Era la aldea de Glent, donde vivían los pocos habitantes de su raza que aún quedaban en el bosque. Ahí se aprovisionaron de utensilios y alimentos para su travesía. Fueron invitados a compartir alimentos junto a los líderes; les ofrecieron una especie de pudín maloliente, pues estaba preparado con unos enormes insectos trepadores similares a chinches. Si bien eran de gran valor alimenticio, el sabor y olor eran muy desagradables; no obstante, tanto Mazar como Egreth se lo comieron sin chistar; no podían mostrar a sus anfitriones ningún rechazo a lo que les ofrecieron. Lo que sí degustaron con gran placer fue una especie de licor de frutos rojos de la región de un agradable sabor semidulce, elaborado por las hábiles manos del pueblo de Glet. Los faunos, empero, miraban con desconfianza al joven guerrero. La historia de hombres y faunos no era satisfactoria, ya que en anteriores ocasiones los hombres del sur no habían acudido en ayuda de los habitantes del bosque cuando éstos lo solicitaron en las guerras de la expansión. Las explicaciones que les había comentado Mazar sobre la imposibilidad de hacerlo, debido a que ellos mismos tenían que defender sus tierras, no los convenció; de hecho, el contacto entre los hombres y los faunos era poco común y la desconfianza había estado presente desde hace muchos años entre ambas razas. Es por eso que Egreth no los conocía sino a través de algunas leyendas que ahora recordaba que le contaban las abuelas, cuando era niño, sobre los "diablillos del bosque denso". Las referencias no eran muy buenas.

Partieron a la mañana siguiente con un Sol brillante y se dirigieron al noroeste; debían cruzar un paso montañoso peligroso y era conveniente no pasarlo de noche, las bestias que por ahí merodeaban eran muy agresivas y feroces.

—No nos conviene encontrarnos con los burag, tendremos que apresurarnos, sobre todo porque no podré hacerme cargo de este muchacho —dijo Glet con sorna, mirando directamente a Egreth, quien de inmediato se encaró con el fauno.

—Más vale que midas tus palabras, cretino, pues ahora mismo te degollaría con mi espada de no ser porque eres amigo de Mazar.

El centauro se interpuso entre ambos, iracundo, llamándoles la atenció.

—De una vez por todas les digo: o calman sus estúpidas rencillas o hasta aquí llegamos, continuaré el camino solo y ustedes harán lo que gusten.

Ambos se disculparon, no sin antes mirarse retadoramente. El trayecto continuó sin novedad, llegaron al borde del bosque donde se iniciaba un camino abrupto y pedregoso, el cual era riesgoso; era muy abierto y podían ser avistados con facilidad. El sigilo y la rapidez eran fundamentales para cruzar este paso. Por fortuna todavía había suficiente luz como para no temer tanto a los burag, que por lo general se esparcen por esta zona al caer la noche. Iban de prisa y en silencio, avistaron, finalmente, la salida del tortuoso camino como a un kilómetro, el Sol ya se empezaba a poner. Apresuraron el paso. Pero justo en ese instante saltó un enorme animal frente a ellos. Era fornido y sus afilados colmillos se mostraban ansiosos por desgarrar carne fresca. Mazar se puso al frente del grupo y desenvainó su pesada espada con rapidez; parecía ser que el enorme tamaño del centauro impresionó a la bestia. El fauno y el hombre estaban atrás y se percataron de que se acercaban otras dos descomunales fieras por la retaguardia. Egreth sacó su afilada espada y Glet extrajo su cimitarra curva, ambos dispuestos a defender sus vidas con todo. La primer bestia sintió más confianza al ver que la situación se emparejaba, y de un repentino salto se abalanzó sobre Mazar, quien, con un certero golpe de su espada, aventó al animal que cayó hacia un lado, dando tumbos; aunque parecía que sólo se había atontado. Otra de las bestias atacó al fauno con un rugido sobrenatural, pero logró esquivarlo ágilmente. Mientras tanto, Egreth se enfrentaba con decisión contra el tercer burag, que se aproximaba decidido hacia el guerrero. El joven periatiano se plantó y espero la embestida, con un movimiento veloz e inesperado le dio una estocada que le atravesó el cuello. Mazar había logrado tomar su arco y con una certera flecha daba cuenta de su atacante. El único que estaba en una situación comprometida era el fauno, que había perdido su cimitarra ante un empellón que le dio la furibunda bestia; ahora se defendía con su pequeña daga. Egreth cargó su ballesta y con un disparo certero distrajo al animal, que ahora se dirigía hacia él; lo esperó decidido con su espada y logró darle un tajo a la altura del hombro. Entonces se escuchó un disparo del arco del centauro y la flecha dio en el blanco: el enorme animal cayó desplomado a los pies del muchacho. El fauno estaba herido, el burag alcanzó a darle un zarpazo en el hombro, la sangre manaba, escurriéndose en su cuerpo. El centauro retiró un pequeño saco de su cinto y extrajo una pequeña hierba medicinal. La colocó hábilmente en la zona afectada y la sangre menguó hasta que dejo de salir de la herida. Enseguida colocó a Glet en su lomo y le indicó al guerrero: "Vámonos antes de que lleguen más bestias, entonces sí estaremos perdidos". Lograron salir del pedregoso camino y se enfilaron con velocidad hacia las colinas circundantes hasta llegar a una hondonada, donde se detuvieron para tomar fuerzas. Mazar revisó al fauno con más calma y dijo:

—Afortunadamente la herida no es profunda y sanará sin problemas. Este amigo Glet es un ser resistente. Ahora debemos descansar un poco. Oye, por cierto, te defendiste muy bien Egreth. De no ser por tu oportuna intervención el fauno probablemente estaría muerto ahora. Te agradezco tu valentía y aplomo.

Egreth sólo observó con orgullo y aplomo al centauro. Sin decir más se preparó para un merecido descanso.

IV

La jornada del día siguiente fue mucho más tranquila. Los valles por los que cruzaban eran habitados por los hombres salvajes, llamados así por que construían sus casas en las copas de los árboles, en parte por protección y en parte porque sus cuerpos se encontraban adaptados a este medio. Sus largos brazos y sus duras uñas puntiagudas eran una adaptación evolutiva debido a generaciones y generaciones de hombres viviendo de esta manera. Si bien los forasteros no eran bienvenidos, en general, no eran agresivos a menos que fueran atacados; seguramente observaban a Mazar y a sus compañeros cruzar el valle desde los cercanos oasis de árboles al poniente. Ya para el mediodía avistaron desde las colinas las primeras casas de la siniestra ciudad de Nuar-Hadad. Decidieron descansar antes de entrar a la ciudad; el fauno ya se notaba mejor y acercándose a Egreth le dio una palmada.

—Te debo una —le dijo y sonrojado le estrechó la mano con gran entusiasmo.

Mazar observó la escena, complacido. Empezaba a anochecer cuando el singular trío se aproximó a las afueras de la ciudad y los habitantes los miraban hoscamente.

—Parece ser que no somos bienvenidos —dijo Glet a sus compañeros.

—Así es —contestó Mazar—. Y más vale que estemos prevenidos.

Se dirigieron a un viejo hostal en las cercanías del barrio comercial.

—Ahí pernoctaremos —comentó el centauro a sus acompañantes.

Entraron al lugar y varias miradas se posaron de inmediato sobre ellos. No era común ver a estos seres por estos lares y tampoco a un guerrero del sur. El posadero, sin embargo, los atendió bien, les ofreció alimentos y los condujo a sus aposentos, que eran las habitaciones más grandes. Siempre había que considerar el tamaño de Mazar. Regresaron al comedor y a un ingenuo parroquiano se le ocurrió comentar en son de burla:

—Oye, posadero. ¿Por qué no los llevas al establo? Ahí estarán más cómodos.

El gran centauro volteó para ver al hombre y se acercó a él con actitud amenazadora. El parroquiano se escurrió en su silla hasta casi desaparecer.

—¿Algún otro simpático por aquí? —bramó Mazar.

El silencio fue absoluto en la sala. Hecho esto, el centauro regresó a su lugar ante la cara sonriente de sus amigos, a los cuales sólo les guiñó el ojo.

Salieron del lugar muy temprano y se dirigieron directo a la vieja casa del erudito y siniestro Zosviez, en la orilla de la ciudad. El hombre era un iluminado de los sabios de Nuriath y conocedor de las lenguas y secretos del mundo antiguo. Cruzaron por la parte más solitaria de la vieja ciudad hasta llegar al extremo más oriental, donde vivía el viejo. Un descuidado portón cubierto de polvo y moho donde se apreciaban unas grotescas figuras labradas les indicó que habían llegado. Mazar tocó la puerta con energía; transcurrieron varios segundos y nada. Esta vez se acercó a la ventana, estaba tan sucia que no se distinguía nada hacia dentro.

—No estará —dijo Glet, encogiendo los hombros.

La casa era prácticamente la última en el extremo oriental de la ciudad, la mayoría de los habitantes eran supersticiosos y preferían mantenerse alejados del viejo vidente. La aguda mirada del centauro alcanzó a ver, a lo lejos, hacia la ladera próxima y entusiasmado dijo: "Lo encontré". Decidieron esperarlo cerca de la casa, pues el anciano se dirigía hacia donde ellos se encontraban. Al verlos, el hombre les dijo:

—¿Que hacen aquí intrusos? No son bienvenidos.

Y sin inmutarse los empujó, bueno, intentó hacerlo, porque a Mazar no lo movió ni un ápice, y a los otros apenas si logró balancearlos un poco.

—¿Ya no recuerdas tu promesa, anciano Zosviez? Vengo a reclamar un favor que me debes —dijo enfático el centauro.

—¿Promesas, favores? ¿De qué hablas, inmundo animal? Yo no le debo nada a nadie —contestó colérico el viejo.

—Te refrescaré un poco la memoria —le respondió el centauro—. Fue hace mucho tiempo, yo creía que todavía tenías tus facultades mentales sanas, pero nada más te diré algo: un nombre y un lugar. Nada más eso.

Mazar hizo una pausa mientras el anciano veía fijamente al centauro, tratando de recordar algo o reconocerle. Durante su larga vida había visto tal diversidad de seres y razas de la Tierra que había poco que le pudiera ser singular o extraordinario; además, su capacidad de asombro ya era prácticamente nula.

—¿Te recuerda algo Huriart o el legado de Tindouf? —dijo finalmente el centauro.

El anciano abrió los ojos y miro fijamente a Mazar, quien no se inmutó y permaneció sereno hasta que el viejo Zosviez dijo:

—Entonces finalmente lo encontraste canalla, y ahora quieres que te lo descifre, ¿no? —comentó con una sarcástica sonrisa.

—En efecto, eso es lo que te pido para cerrar la deuda que tienes conmigo y que prometiste cumplir hace muchos años. Ahora es cuando comprobaré cuánto vale la palabra de un noble emisario de la secta de los sabios de la luz eterna —recalcó Mazar con aplomo.

Un silencio los cubrió a ambos. Se observaban fijamente, como midiendo sus reacciones. Por fin el anciano se movió y les dijo: "Síganme". Enseguida los viajeros fueron tras el anciano, que se movía ágilmente a pesar de su avanzada edad.

—Oye —dijo Glet—. Vamos en sentido contrario viejo, para allá está tu casa. ¿A dónde nos llevas? De seguro es un trampa.

—Mazar, o callas a tu amigo o me arrepiento de cumplir el pacto —solo alcanzó a decir el anciano.

Con una seña el centauro le indicó al fauno que guardara silencio. "Con que se acuerda perfectamente de mi nombre", pensó Mazar. Y en silencio siguieron a Zosviez hacia una casucha cercana. El viejo tocó la puerta y una preciosa muchacha de escasos veinte años se asomó por la entrada; su cabello rojizo contrastaba con su blanca piel; sus enormes ojos verdosos les miraban fijamente con un gesto de enorme sorpresa.

—¿Qué? ¿Nunca has visto a estas criaturas? Son sólo un centauro de las montañas, un desagradable fauno del bosque y un mozalbete de la lejana Periat que se cree un gran guerrero. No son más que eso, no te dejes impresionar niña —dijo burlón el viejo.

A pesar de las ofensas, ninguno de los compañeros de viaje se sintió agraviado. Por su parte, Mazar ya lo conocía perfectamente; Glet se sintió consternado al ver que el anciano los identificaba perfectamente, y Egreth se quedó embelesado mirando a la preciosa muchacha.

—Pasen. ¿O quieren que los cargue y los acomode en sus asientos, inútiles? —gritó con voz destemplada el colérico Zosviez—. Un momento, sólo pasas tú, centauro. Tus amigos deben esperar afuera o largarse de aquí, como quieran. Me da igual —dijo el anciano como reflexionando.

Primero entró el anciano y después el enorme centauro, que con dificultad franqueó la puerta, cerrándola tras de sí. Los dos amigos y la bella muchacha se quedaron afuera.

—¿En verdad eres un guerrero de la lejana Nuriat? —la chica le preguntó a Egreth.

—Bueno, no exactamente. Yo vengo de Periat, situada más al oriente de Nuriat; son dos ciudades hermanas —contestó orondo el joven, sonriéndole a la muchacha—. ¿Y cuál es tu nombre?

—Soy Centinela.

—¿Centinela? —repitió Egreth—. Vaya, ¿por qué te pusieron ese nombre?

—Fue mi abuelo; dijo que era por el brillo de una estrella, la más resplandeciente del firmamento, que como un vigía cuida el camino de los hombres y de los valientes y apuestos guerreros de Periat —concluyó sonrojada.

Por un instante se quedaron en silencio.

—¿Y está muy lejos tu ciudad? Tengo tantos deseos de viajar al hermoso sur... Son muchas las historias que he escuchado y que me han fascinado desde que era niña. ¿Me llevarás contigo? —preguntó Centinela.

Egreth no alcanzaba a responder. Glet el fauno escuchaba, alarmado, todo lo que decía Centinela. Finalmente el guerrero respondió:

—Mi ciudad en verdad está lejos y ahora no regresaré hacia ella. Primero tengo que cumplir una misión muy importante.

—Ahora estás muy comunicativo, amigo Egreth. ¿Por qué no descansas un poco? —le dijo el fauno, mirándolo fijamente.

—Ah, claro —intervino la hermosa chica—. Les prepararé algo de comer y luego podrán descansar. Mi abuelo y su amigo el cantauro seguramente tardarán.

—Oye, no es cantauro, es centauro —le dijo molesto el fauno.

Egreth y el fauno se acomodaron en la yerba afuera de la casa del anciano. Cuando Mazar salió de la casucha dormían profundamente. No los despertó y se acomodó a un lado, también requería de un descanso. Cuando amaneció, Mazar despertó a sus compañeros.

—Ea, levántense. Tenemos que partir de inmediato.

Egreth y el fauno se incorporaron y prepararon sus pertenencias.

—Oye amigo, ¿no nos vas a platicar qué pasó? —le preguntó Glet a Mazar.

—Claro, en el camino, pero ahora vámonos de aquí.

Y se encaminaron por la vereda. Por un visillo de la ventana el anciano Zosviez los observaba con un pequeño brillo siniestro en sus ojos. Justo detrás de ellos vio que Centinela corría por la vereda cargando una pequeña mochila, el viejo sólo sonrió para sus adentros.

—¡Egreth! ¡Regresa, no me dejes! —gritaba la muchacha desesperada.

Los tres compañeros voltearon en seguida.

—¿Qué has hecho? ¿Qué le dijiste, insensato? —le dijo Mazar al guerrero.

—Yo no… Nada —alcanzó a balbucear el guerrero con emociones encontradas.

La chica los alcanzó y le dijo a Egreth:

—¿Qué? ¿Me pensabas dejar, ingrato?

—Pero yo no te prometí nada —dijo el joven.

—No importa —dijo Centinela—. Yo parto con ustedes les guste o no. Ya tomé mi decisión y si me rechazan iré siempre a sus espaldas hasta que me muestren el camino hacia Nuriat o Periat o a donde sea. No se desprenderán de mi tan fácilmente. Se los prometo.

Los tres amigos, preocupados, se observaron unos a otros; aunque Egreth no pudo ocultar su emoción, lo cual no pasó desapercibido para el astuto centauro y dijo:

—Bella niña, lo único que haremos será dejarte en algún lugar seguro. Bueno, si lo hallamos. Pero lo que sí te digo es que no vendrás con nosotros a donde vamos; ahí hay muchos peligros y no pondremos en riesgo tu vida. Más no podemos hacer.

Dicho esto, Mazar encabezó al grupo nuevamente, caminando como siempre: orgulloso y magnífico.

V

La chica se colocó a un lado de Egreth, quien, aparentando calma y tranquilidad, estaba pensando en lo que Mazar les tenía que decir. Sin embargo, la presencia de la bella muchacha le inquietaba de sobremanera. Por fortuna, esa parte del camino fue relativamente segura. A lo lejos, los habitantes de la ciudad veían con agrado cómo se alejaba el grupo; no les gustaba que extraños y forasteros se presentaran en sus tierras, pues lo consideraban un mal augurio. Mas no todos se alegraron. El viejo y corpulento capitán de la guardia de la ciudad, un barbaniano llamado Brunden, sospechaba que algo importante se traían entre manos, y decidió detenerlos e interrogarlos desde que supo de su llegada a la ciudad. Ahora tendría que atraparlos en un terreno descampado y esto implicaba más dificultades, pero de algo estaba seguro: los capturaría a como diera lugar. Reunió a un grupo de los más brutales y crueles de sus hombres y se encaminaron para detener a los viajeros en la encrucijada de los muertos.

Mazar se sentía inquieto, sus sentidos alertas casi nunca lo traicionaban: percibía algo malo. Decidió dar un rodeo saliendo del camino principal y adentrándose en el bosque aledaño.

—Vámonos por acá como mera precaución —dijo a sus acompañantes.

El grupo se dirigió a los caminos secundarios. No habían avanzado mucho cuando el centauro se paró en seco al escuchar unas voces y el sonido característico de armaduras y caballos.

—Silencio—les dijo, autoritario, a todos—. Esperemos ocultos en la maleza, alguien se acerca.

No transcurrió mucho tiempo para que vieran que se aproximaba un ejército formado por diversas razas. Era un grupo singular en el que sobresalían unos cuantos centauros de las llanuras, de menor estatura que la raza de Mazar; estos caballos-hombres eran famosos por ser aguerridos e intrépidos. Venían también algunos hombres con viejas armaduras que no pertenecían a las tierras del sur de donde era Egreth. Seguramente eran desertores de algún ejército de las tierras centrales que a veces trabajaban como mercenarios, y que en ocasiones luchaban en nombre de sus pueblos contra los invasores barbanianos. Otro grupo más nutrido era el de los Coratespas, una raza de hombres de gran estatura, gráciles y hábiles como pocos. Finalmente había un pequeño grupo de faunos que iba por la retaguardia. En total quizá fueran poco más de doscientos. Sorpresivamente, Centinela salió del escondite gritando animosa.

—¡Amigos aquí estamos! ¿A dónde se dirigen? ¿Acaso van hacia la bella Nuriat? ¿Podemos ir con ustedes?

De inmediato el pequeño ejército hizo alto y dirigieron su mirada hacia donde se encontraban Mazar, Egreth, Glet y Centinela.

—Salgan de ahí, sean amigos o enemigos, si no quieren recibir una lluvia de flechas —dijo con voz autoritaria un centauro del grupo—.

Los tres amigos salieron de la espesura del bosque mientras Centinela se dirigía confiadamente al frente del pequeño grupo.

—En menudo aprieto nos va a meter tu amiga —Glet alcanzó a decir, dirigiendo su mirada a Egreth, quien pareció no darle importancia al comentario.

Al estar más cerca, el centauro líder preguntó:

—¿Quiénes son y qué hacen por estas regiones tan alejadas de sus tierras?

—Soy Mazar, gran príncipe de los centauros de las montañas. Me acompañan Glet de los faunos del bosque de Fergmallión y Egreth, noble guerrero de las tierras de Periat del sur; también viene con nosotros la bella Centinela, de la ciudad de Nuar-Hadad, a quien escoltamos a algún sitio seguro. Nos dirigimos hacia los acantilados del mar Boreal.

—Noble Mazar, he escuchado de ti, pero no de tus compañeros. Sin embargo, me extraña que anden por estas tierras que son cada vez más difíciles de transitar. Los barbanianos y los salvajes hombres del norte cada vez realizan más incursiones armadas —dijo abrumado Nair, el centauro líder del pequeño ejército.

—Lo sé. No obstante, tenemos un cometido urgente que cumplir y mucho te agradeceré que nos permitas continuar nuestro camino —respondió Mazar.

—Bien, pero si se dirigen hacia el noroeste como nosotros, iremos juntos por lo menos durante algún tiempo. En el camino me platicarás más a detalle el motivo de su estadía por estos lugares malditos —concluyó el líder del pequeño ejército.

Partieron todos juntos por los linderos de la montaña del destierro. El grupo era compacto, pues escucharon que un grupo de feroces barbanianos salió de la ciudad de Nuar-Hadad en busca de unos extraños forasteros. Nair de inmediato supo que se trataba de Mazar y sus amigos, y estaba sumamente intrigado por ello. Durante su travesía a través de las montañas no tuvieron ningún problema, aunque el jefe del grupo temía lo peor cuando llegaran a la encrucijada de los muertos, por donde necesariamente tendrían que pasar para llegar a los acantilados rocosos del oeste. Salieron por fin de la zona montañosa, adentrándose en un desolado valle yerto hasta llegar cerca de la confluencia de caminos. Uno de ellos venía de la ciudad y el otro se dirigía hacia el mar desolado. Nair les pidió a todos que estuvieran alertas, pues presentía algo. Mazar que iba junto a él experimentaba la misma sensación. Durante el camino Nair le hizo todo tipo de preguntas y el gran centauro de las montañas le contestaba sólo lo que fuera indispensable, nada más para que no les impidiera continuar su camino. Nair, empero, sabía que le había ocultado varias cosas. A pesar de esto sólo le dijo: "No te preguntaré más, pues creo que lo que piensas hacer tendrá un resultado importante para todos nosotros, y no seré yo quien impida que concluyan su misión". Dicho esto pidió silencio y sigilo a sus hombres y centauros. Había una sensación de inquietud en el ambiente: se sentían observados. Continuaron un trecho más del camino y en la encrucijada se toparon con un pequeño grupo de lahures, seres despreciables y acompañantes asiduos de los barbanianos. Eran hombrecillos de estatura media con largos y poderosos brazos; encorvados y con una cabellera hirsuta; su rostro era grotesco, la frente huidiza y los pómulos abultados; eran salvajes además de brutos, su menguada capacidad los hacía sumamente imprevisibles y viscerales. El ejército de Nair llegó hasta donde estaban estos hombrecillos y uno de ellos, de seguro su líder, dijo con su ronca voz:

—Nadie puede pasar por aquí sin autorización del gran capitán de la ciudad de Nuar-Hadad, será mejor que regresen por donde vinieron.

Nair lo miro despectivamente.

—Lamento mucho no poder acceder a tus deseos, esbirro de los cobardes barbanianos. Y más vale que se hagan a un lado si no quieren ser aplastados como las inmundas ratas que son —respondió Nair con tranquilidad.

Los lahures se miraron unos a otros nerviosos, pero su líder habló nuevamente.

—Pues entonces tendremos que matarlos a todos —dijo al mismo tiempo que sacaba su filoso sable.

—¿Y acaso ustedes patéticas sabandijas piensan detenernos? —bramó Mazar iracundo.

—No centaúrico, desde luego que no sólo nosotros. Mira a tu alrededor charlatán.

Los hombres y demás razas del ejército de Nair voltearon hacia las colinas circundantes y cuál sería su sorpresa al ver una gran muchedumbre de gigantescos barbanianos, lahures y algunos salvajes hombres nórdicos acercándose por el flanco de la montaña que estaba en su retaguardia. De inmediato Nair sacó su espada y de un solo tajo cortó la cabeza del inmundo líder lahur mientras su legión de intrépidos guerreros se aprestaba para la lucha. El ejército enemigo era mayor a los que se habían enfrentado y pronto se formaron en su acostumbrada posición de batalla.

—Egreth toma a Centinela y protégela con tu vida. Glet vamos a luchar como en los viejos tiempos, súbete a mi lomo y salta sobre estos demonios; a ellos sí les rebanarás el cuello, como es tu especialidad, amigo —Mazar dijo a sus compañeros.

Los dos ejércitos se prepararon y se lanzaron furibundos uno contra el otro. El primer encontronazo fue brutal: varios hombres de Nair salieron volando por los aires ante los brutales golpes de mazas de los barbadianos.

—No se enfrenten directamente, ya saben que debemos usar la habilidad y destreza contra la fuerza bruta — gritaba el centauro líder.

Los centauros prepararon sus flechas y una lluvia de proyectiles cayó sobre varios barbanianos y lahures, que cayeron fulminados. Mazar y Glet se dirigieron al centro de la batalla, la gran fuerza a galope del centauro era insuperable, y dando golpes de espada a diestra y siniestra infringió enormes heridas a sus adversarios, mientras que el ágil Glet se trepó en un enorme barbaniano y le cortó el cuello limpiamente. En la parte posterior del ejército de Nair, Egreth, enfrente de Centinela, esperaba preparado con su larga espada a un grupo de asquerosos lahures que se aprestaban a atacarlos. Cuando los rodearon, las estocadas del joven guerrero fueron precisas y mortales. Mazar se dio cuenta del peligro que corrían Egreth y su bella acompañante y se dirigió veloz hacia donde se encontraban.

Repentinamente un gran destelló lo cegó y al abrir los ojos estaba solo y en otro lugar. Lo rodeaba un bosque de acacias tranquilo y fresco. No podía entender qué pasó. "¿Qué clase de brujería es esta?", pensó. En ese instante un estruendo infernal hizo que girara su rostro al firmamento. Y cuál no sería su sorpresa al ver una bola de fuego surcando el cielo hasta llegar y detenerse a la orilla de un acantilado cercano. Se dirigió hacia esa zona de prisa. Salió a un claro y lo que vio lo dejó atónito. Frente a él se encontraba un extraño artefacto como de metal y enfrente se encontraba un hombre alto, cubierto de extraña vestimenta brillante. Además, había otros dos personajes: uno de ellos era un viejo gnomo de las montañas, Mazar lo identificó de inmediato, y el otro era indescriptible, un ser sacado del mismo infierno, con un par de grises alas que simulaban las de algún quiróptero gigante, como los de las montañas brumas. Todos se observaban impactados. Algo más llamó su atención, al fondo del acantilado descubrió un gran barco el cual fondeaba en una pequeña bahía. Sobre el navío había varios hombres que también los miraban desde abajo con unos artefactos en los ojos. Mazar escuchó entonces, o le pareció escuchar, el fragor de la batalla y de inmediato se dio media vuelta. Debía encontrar y ayudar a sus amigos, pues estaban en grave peligro; después vendría a investigar qué era todo esto. Se alejó a galope y salió del otro lado del pequeño bosque, no había más que arbustos y vegetación, no distinguía nada de la batalla. Más enfrente de él mismo alcanzó a distinguir una casona gris aparentemente abandonada, y pensó: "Voy a explorar, aquí están sucediendo cosas muy extrañas. ¿Dónde estoy? ¿Dónde quedaron todos? Esto de seguro es obra del nefasto hechicero Huriart. Llegó a la casa y no se apreciaba movimiento alguno. Atravesó la cerca de un gran salto, cayendo próximo a un viejo pozo. Entonces le pareció percibir alguna presencia dentro de la casa; se acercó a la parte posterior, donde encontró el tiro de una chimenea semiderruida. A un lado había un boquete en la tapia que le permitiría fisgonear hacia dentro. Al principio no vio nada, pero alzándose sobre sus cuartos traseros para ver por otro hueco observó algo muy extraño: un pequeño grupo de niños muy similares a los de los pueblos del sur de la raza de Egreth. Todos ellos estaban entretenidos viendo una especie de legajos y tan ensimismados estaban que no detectaron su presencia. Sin embargo, uno de ellos dirigió su mirada hacia donde estaba Mazar, quien se ocultó rápidamente. El niño estaba muy sorprendido y se incorporó despacio sin llamar la atención de sus compañeros; trepó la chimenea para asomarse por el desquebrajado muro. No vio nada. Por ahí a lo lejos le pareció distinguir a un gran corcel y su jinete de larga cabellera que se alejaban veloces. Gerardo miró a sus amigos, que continuaban leyendo con atención, como si nada. "Vaya me estoy metiendo mucho en esta historia", pensó. Decidió volver a su lectura, muy interesante y muy vivencial.

Mazar salió corriendo de la vieja casa y llegó desconcertado a los límites del bosque de Acacias. Desesperado saco su cuerno y lo hizo sonar varias veces con la esperanza de encontrar a sus amigos y regresar al fragor de la batalla. En ese momento otro gran destello lo iluminó y de súbito estaba de regreso en la escaramuza, justo cuando un gran barbaniano tomó a la bella Centinela y se la llevó en hombros ante la figura postrada de Egreth. "Esto no me lo perdonaré, los dejé solos", pensó el centauro. Sacó su arco y flechas y de un certero disparo dio de lleno al monstruoso hombre, quien se desplomó. La bella chica cayó a un lado, desvanecida. Miró hacia donde estaba el centro principal de la lucha y con satisfacción vio cómo algunos barbanianos huían para refugiarse en las montañas. La batalla, a pesar de todo, había sido favorable para Nair y sus guerreros. Cargó a la muchacha, quien al parecer no tenía heridas; seguramente sólo se desvaneció. Regresó con rapidez hacia donde yacía el joven guerrero y lo levantó con suavidad. Tenía una gran herida en el costado derecho, pero estaba vivo. Raudo se apresuró a detener la hemorragia con sus yerbas medicinales y lo dejó recostado al pie de un gran fresno; partió en busca de su tercer compañero, que buscaba afanoso entre los cuerpos. Finalmente, al lado de una gran roca, alcanzó a distinguir el inconfundible rostro de Glet. Lo tomó por la cabeza con suavidad, el fauno apenas alcanzó a abrir los ojos y le dijo: "Esta vez sí me hirieron en serio, amigo. Encuentra el Oóstulo y no permitas más derramamiento de sangre en nuestra tierra. Por favor dile a los míos que luché como un centauro de montaña y que caí peleando por ellos". El cuerpo de Glet se aflojó. Mazar levantó una pequeña lápida en su honor ahí donde cayó.

Aunque la batalla fue favorable para el ejército de Nair, las bajas fueron considerables. Apilaron los cuerpos como pudieron y en una breve ceremonia les prendieron fuego, esparciendo sus cenizas al viento después.

—A los barbanianos y lahures déjenlos ahí para que los buitres, cuervos y bichos rastreros den cuenta de ellos —dijo el centauro líder.

—Es momento de despedirnos —dijo Mazar a Nair ceremoniosamente—. Tenemos que partir de inmediato.

El capitán sólo esbozó una sonrisa y le contestó:

—De acuerdo, príncipe de los centauros de las montañas del sur. Que concluyas tu cometido con éxito. Sé que es algo muy importante y que tendrá consecuencias para todos nosotros, como te había comentado. Te auguro buen porvenir y ojalá pronto nos encontremos en otras circunstancias. Nosotros iremos al oeste para tratar de dar alcance a los que huyeron y a rehacer mi ejército en las llanuras de mis padres.

VI

Egreth iba malherido, pero el muchacho era resistente y con los cuidados de Centinela se recuperaría pronto. El fuerte centauro llevaba sobre su lomo al guerrero y a la bella muchacha, quien dijo con honda tristeza:

—El mundo es cruel, Mazar ¿Hasta cuándo tendremos que luchar? ¿Cuándo podremos huir de las atrocidades de estas bestias? —Mazar sólo pudo mover la cabeza, apesadumbrado.

Se dirigieron más hacia el norte, su destino eran las frías tierras de esa región. Ahí encontrarían la respuesta final y entonces tendrían el Oóstulo mágico, el cual regresarían con los sabios para su resguardo o lo destruirían, si había forma de hacerlo, para evitar que el malvado Huriart o alguien más lo utilizara para su provecho.

Caminaron un largo trecho y decidieron descansar a la orilla de uno de los pequeños lagos grises de la región. Egreth mejoró mucho, pues la bella chica lo cuidaba con esmero. El guerrero se dirigió al centauro diciendo:

—¿Qué sigue ahora, noble Mazar? No me terminaste de decir el secreto del pergamino ni lo que platicaste con el vidente.

El centauro consideró que el muchacho había pasado por muchos peligros, además, si por alguna razón él no podía rescatar o destruir el artefacto mágico, Egreth lo debería de hacer.

—Bien te diré entonces lo que falta, valiente periatiano. Y también a ti, muchacha de triste sonrisa. Serás testigo de lo que acontezca, recuérdalo bien. Tu abuelo, a pesar de todo, es un gran hombre. Después de la gran guerra del abismo que aconteció en los inicios de las invasiones de los túmulos, las grandes piedras de la alianza fueron resguardadas por el consejo de ancianos y sabios de Nuriat. Estas piedras sólo se utilizaban en casos extremos, y la llegada de los abominables seres de las entrañas de la Tierra fue una situación excepcional; fueron usadas. Los hombres del sur, los nuratianos, periatianos y aratianos se unieron a los tanui, a los boreales y a los bordianos. Desde luego, los centauros de las montañas y los de las llanuras acudimos al llamado y algunos otros pueblos, como el de tu hermosa madre, Egreth, las amazonas del valle pluvial, participaron. La guerra fue intensa pero después de varias batallas favorables para la alianza todo parecía propicio para la paz, pero sucedió como siempre, o como casi siempre: uno de los sabios del Senado, colega por cierto de tu abuelo —enfatizó Mazar dirigiendo su mirada a Centinela—, extrajo una de las rocas mágicas de las bóvedas de Nuriath. De entre las ocho piedras, el Oóstulo tiene el poder de confundir la mente de los hombres; quizá el Zafiro de Tolantum sea más poderosa; tal vez el Cetro del Báculo sea más sorprendente, pero el Oóstulo es tentador y Mestrix, el sabio que lo robó, seguramente pensando en utilizarlo o quizá venderlo al mejor postor, se apoderó de él. Zosviez se enteró de esto e intentó detenerlo pero algo más grave aconteció: uno de los magos de las montañas de la vieja orden de los Ascabaris se enteró que habían robado la piedra y decidió encontrarla, poseerla y usarla para su provecho. De hecho esa sigue siendo su obsesión. Mestrix salió rápidamente de Nuritah y se dirigió al norte con su preciado cargamento, tu abuelo lo siguió; quería evitar a toda costa que hiciera una tontería. En el camino tu abuelo fue atrapado por algunos hombres salvajes del norte que querían cobrar la recompensa por la cabeza del sabio-vidente de Nuriat, pues lo confundieron con Mestrix. Huriart el nigromante se enteró y lo llevó prisionero al pozo de los lamentos, un lugar mágico y hechizado de sufrimientos indecibles, los cuales Zosviez tuvo que soportar. Y mi estimado Egreth, tu padre, el capitán Ebasán, Glet el fauno y yo fuimos enviados por el consejo de ancianos sabios de Nuriat para recuperar la piedra y detener al ladrón.

—Pero obviamente no lo lograron, la joya sigue oculta —dijo Egreth.

—En efecto joven amigo —contestó Mazar—. Después de varios días de búsqueda nos enteramos que el ladrón había sido atrapado por Huriart y que la roca mágica debía estar en poder del mago, lo cual nos alarmó. Era cuestión de tiempo que la piedra fuera utilizada y que nuevamente un ser sin escrúpulos intentara dominarlo todo; a pesar de que existe la leyenda o maldición de que aquel que utilice el Oóstulo enloquecerá a menos de que posea el conocimiento y la destreza para manejarlo. Por ello es motivo de la ambición de muchos sabios, magos, sacerdotes y hechiceras, como es el caso del nigromante, Huriart. Llegamos a la guarida de Huriart y en un atrevido rescate liberamos a Zosviez, de ahí viene la promesa que me hizo el viejo de pagarme de alguna manera por haberlo salvado. Seguramente como resultado de haber estado expuesto al pozo de los lamentos, con sus incontables sufrimientos, el vidente se volvió hosco y poco comunicativo. Supimos que él no era el verdadero culpable, pero aun así no quiso regresar a Nuriat y se fue al lejano norte, a la siniestra ciudad de Nuar-Hadad, de donde partimos; era considerada una tierra olvidada y maldita, evitada por los hombres del sur. Lo único que nos pudo comentar en aquel momento fue que el proscrito Mestrix estaba oculto, probablemente, en el reino de los Taimir, en las tierras heladas, la región de las grandes bestias. Hasta allá fuimos y en efecto lo encontramos, pero, quizá por el contacto continuo con el Oóstulo, su mente ya estaba extraviada. Buscamos afanosamente la reliquia; todo fue inútil. No la hallamos. En sus delirios, sin embargo, Mestrix mencionó que todo estaba en el legado de Tindouf. Por supuesto le preguntamos que a qué se refería con eso y dijo: "Es mi propia naturaleza lúcida la que casi siempre no está presente, pero cuando se apodera de mí soy muy sabio; soy el máximo representante de los videntes del sur". Nos entregó ese viejo pergamino que ahora tienes en tu poder, Egreth—dijo Mazar con aplomo—; pero ahí no acabó todo, estaba escrito en esa lengua olvidada que sólo utilizan algunos magos y sabios. Yo tenía algún conocimiento de la misma, así como tu padre, pero nuestros saberes no eran suficientes para comprender lo que estaba escrito ahí. Decidimos partir esa misma noche para buscar a Zosviez nuevamente. Seguramente él nos ayudaría a descifrarlo, pero en el camino caímos en una emboscada planeada por otro hechicero infame que estaba al tanto de nuestras peripecias. Deseaba información sobre la reliquia: utilizaba sus negras artes adivinatorias y embaucaba o dominaba a cuanto individuo le podía decir algo de nosotros. En la lucha que siguió, el capitán Ebasán logró huir, llevándose el pergamino consigo. El fauno cayó herido y lo creyeron muerto; a mí, sin embargo, me lograron atrapar utilizando algún encantamiento del terrible mago, que no era otro que el astuto Magreg, quien pensaba traicionar a Huriart aunque era su cómplice. Ya había encontrado a Mestrix y sabía del legado. Me encerraron en un calabozo subterráneo y ahí estuve por varios días, perdí la noción del tiempo ya que me daban alguna extraña pócima y por lo mismo me encontraba aletargado. Me torturaban y maltrataban y en ocasiones aparecían extrañas marcas y cicatrices en mi cuerpo, como ésta, que es la mayor.

Descubriendo su enorme tórax les mostró a Egreth y a Centinela una gran herida en el pecho.

—Vaya —comentó el guerrero—. En verdad que esta historia es triste y fascinante a la vez, pero, por favor, continua, amigo.

El centauro tomó un respiro, Egreth se dio cuenta que era un ser extraordinario. Comprendía por qué su padre lo apreciaba tanto, y ahora él también lo hacía.

—Bueno —dijo Mazar, proseguiré con mi relato—. Una noche que no ingerí ninguna substancia, ni me aplicaron nada por algún descuido o distracción de mis captores, me sentí fuerte y con mis sentidos alertas. Llegó un hombretón y al abrir la puerta del calabozo le di un gran golpe y quedó tendido. Subí presto las escaleras y arriba luché con algunos guardianes, a los cuales vencí. Logré salir a todo galope hacia la libertad. Por algún tiempo estuve vagando por diversas regiones y pensé que mis amigos me habían abandonado; ahora sé que no fue así. Pero en aquel momento me enteré que Ebasán había regresado a Nuriat y que se había olvidado de su misión, y que Glet estaba viviendo plácidamente con su gente en el bosque de Fergmallión. Esto me enfadó mucho y decidí ya no ayudar a nadie más en la tierra, que todo fuera como tenía que ser. Ya no intervendría más en los asuntos de nadie. Fue hasta que te conocí, Egreth, que supe que las cosas no habían sido así. Tu padre te envió a mí para que tomaras su lugar y concluyeras lo que se había iniciado hace tantos años. A Glet lo reencontramos, como recordarás, y nuevamente se sumó a la causa. Desafortunadamente ya no está con nosotros, y ahora es tiempo de terminar de una vez por todas con esto. La piedra… el Oóstulo mágico debe ser resguardado nuevamente o destruido para evitar que alguien más quiera hacer mal uso de él.

Centinela se acercó al centauro, lo abrazó cariñosamente y le dijo:

Pues bien, así como Egreth viene representando a su padre, yo estoy aquí en nombre de mi abuelo. Él también intentó detener a Mestrix y yo debo concluir lo que quedó pendiente. Por cierto, Mazar, falta algo que no nos has dicho. ¿Qué te dijo mi abuelo en relación con el legado de Tindouf? ¿Seguramente ahí está la respuesta de todo verdad? —dijo la muchacha con sagaces ojos y mirando tiernamente al centauro.

—Ciertamente —respondió Mazar abatido—. En esta parte ustedes ya no deberían intervenir. Tenemos que ir a las catacumbas de Borden, la ciudad condal, pues ahí se resguarda Magreg. Ni siquiera los habitantes del lugar lo saben, pero él conoce las respuestas de todo esto. Se escondió ahí cuando supo que Huriart lo buscaba y que quería el Oóstulo. Ante el temor que sentía del gran mago, su aprendiz ocultó la piedra mágica en algún lugar. Debemos obligarlo a que nos diga dónde está, por eso vamos hacia allá, y de alguna manera tendremos que lograrlo. Eso es, bella Centinela, lo que tu abuelo descifró en el pergamino, aunque sospecho que no me dijo todo. La última parte fue escrita por el mago Magreg y el mapa es una copia de los planos del subsuelo de la ciudad de Borden, donde este hechicero ha construido su guarida. Otra cosa me inquieta: no me explicó el motivo por el cual nunca intentó recuperar el legado de Tindouf, si él bien sabía que Ebasán se lo había llevado a Nuriat, donde quizá alguien lo podría interpretar...

VII

Después de varios días y noches llegaron al territorio de la antigua y poderosa ciudad condal de Borden, al extremo norte de la Tierra. Esta región era conocida por ser protegida por enormes osos polares, magníficas bestias que vivían ahí en completa armonía con los hombres. La entrada de la ciudad no causó gran sorpresa en Mazar y sus amigos, pues el contacto de los bordianos con otras regiones y latitudes de la Tierra era constante, ya que eran viejos aliados de los sureños y de otras razas; entre ellos la de los centauros. Intentaron pasar lo más desapercibido posible y decidieron iniciar su búsqueda al día siguiente.

Esa noche, Centinela entonó una vieja canción de los navegantes albos que había escuchado en las tertulias del hostal el Zorro Nevio, de la vieja ciudad de Nuar-Hadad. Su bella voz surgió clara y diáfana: "La bruma azulada del tiempo invernal se torna lánguida y resquebrajada en las frías noches del cielo boreal; el llamado de las orcas, la centella de levante, los misterios del valiente, los arrojos de las hadas".

Al día siguiente revisaron el mapa en la parte donde se indicaba la entrada al complejo de túneles y canales, los cuales ya estaban en desuso por los bordianos. Era la parte más antigua y despoblada de la ciudad, hacia el poniente de la misma, y para allá se dirigieron. En efecto en esta región había nulo movimiento aun en esta época del año de clima relativamente templado, pues en la temporada fría la ciudad está prácticamente cubierta de nieve. Buscaron un sitio apropiado como base de operaciones y empezaron a tratar de localizar las señales que indicaba el mapa para ubicar el sitio exacto y así poder penetrar al misterioso mundo de las catacumbas subterráneas. La gran estatua de un enorme oso polar indicaba uno de los puntos del triángulo en el mapa, el antiguo ayuntamiento era otro de los puntos, exactamente en uno de los ángulos de una figura geométrica que describía el mapa. El tercer punto necesitó un poco más de trabajo para encontrarlo, era la vieja puerta del antiguo colegio de los navegantes albos. Finalmente ubicaron los tres, el siguiente paso era medir 88 pasos, partiendo de cada ángulo hacia el centro de confluencia de los tres. Cada uno de los compañeros hizo su parte y finalmente llegaron al punto de encuentro de las líneas: ahí debía estar la entrada. Sin embargo, para su sorpresa, no había nada que denotara el sitio.

—Momento —dijo Centinela—. Algo no hicimos; fíjense en estas viejas edificaciones en el mapa, el Sol se encuentra en el punto medio, esto es a mediodía, cuando el sol está más alto. Véanlo, ¿o me equivoco?

Tanto Mazar como Egreth consideraron seriamente lo dicho por la muchacha y decidieron que debía tener razón. Esperarían hasta el mediodía, mientras tanto decidieron explorar esa parte de la ciudad. Mazar había visitado la ciudad un par de veces anteriormente pero nunca esta zona abandonada. Era donde se fundó la ciudad, pero resultó ser una zona baja y en la época del deshielo eran comunes las inundaciones, a pesar de las obras hidráulicas realizadas durante varios años. Los pobladores se alejaron de ahí y después la zona se convirtió en galerías y catacumbas para los muertos, las cuales también se abandonaron. Por eso, para Magreg, resultaba un sitio ideal para ocultarse. En muy pocas ocasiones alguien se aventuraba a venir por acá, casi todo estaba en ruinas, sin embargo, los compañeros de viaje observaron una vieja edificación mejor conservada que las anteriores. Se acercaron y una voz se escuchó desde adentro.

—¿Quién vive? — dijo un hombre bonachón con una amplia sonrisa asomándose—.¡Ah¡ Sospeché que eran forasteros, nadie más viene por acá. Mi nombre es Gywalth, aunque me conocen más como el loco del acueducto. Soy el encargado de que éste siempre esté en funcionamiento, además, es uno de los canales bajo tierra que abastecen de agua a la ciudad, y pasa a un lado de las catacumbas. Pero, díganme, ¿qué hacen por aquí?

—Simplemente estábamos conociendo la parte antigua de la ciudad, es pura curiosidad —Mazar dijo con aparente distracción.

El hombre los miraba con recelo y dijo:

—¿O es que quieren entrar a las catacumbas heladas?

La actitud de los compañeros pareció confirmar sus sospechas y les comentó:

Se han escuchado algunas historias sobre un poder maligno que habita ahí, les recomiendo que lo piensen dos veces antes de entrar. Pero si su decisión es hacerlo, les diré que sólo hay una forma de entrar, y es en un punto determinado cuando el Sol está en el cenit. Justo en ese momento los rayos del Sol iluminan directamente una entrada, pero si acceden al interior sólo podrán salir hasta el día siguiente. Yo ya cumplí con avisarles, además, quién sabe qué encuentren en ese maldito lugar. Yo les estaba observando justo cuando encontraron el sitio preciso. No sé cómo le hicieron, a mí me costó tiempo descubrirlo. Pero yo ya les advertí.

Y sin decir más cerró la ventana de su casa y continuó con sus labores. Los tres viajeros se miraron sorprendidos, era indispensable continuar con lo planeado hace tiempo y ahora, estando tan cerca, no lo iban a abandonar todo. Además, estaba por ocurrir el extraño fenómeno, de tal manera que se dirigieron raudos al sitio preciso. Por un visillo de la ventana de su casa, Gywalth los observaba con curiosidad. "¿Qué buscarán en ese sitio? Les preguntaré cuando salgan, bueno, si es que lo hacen", pensó. El Sol llegó a su punto más alto sobre el firmamento y el reflejo del astro sobre la blanca nieve los cegó momentáneamente. En ese preciso instante, ante sus ojos, se elevó un túmulo en donde había una entrada. Mazar se preguntó si podría pasar por ahí. Se dirigieron resueltos hacia la oquedad y por fortuna para todos el gran centauro pudo pasar. Más adelante se encontraron con unas escaleras que descendían en forma caracolada, por ahí bajaron mientras escuchaban cómo la puerta se cerraba; habría estado abierta menos de cinco minutos y la entrada se ocultó una vez más.

Bajaron por la escalera hasta una gran galería de forma piramidal. A pesar de estar en latitudes frías el lugar era relativamente cálido y el hielo no se derretía.

—Aquí está presente la magia de un gran hechicero —musitó Mazar—. Debemos estar prevenidos ante cualquier evento.

La galería daba a un pasadizo que descendía a los lados del túnel. Empezaron a ver restos de antiguos sepulcros, muchos de ellos completamente quebrados. Llegó un momento en que el camino se dividía en varios brazos y se quedaron indecisos por cuál seguir. Se percataron que las paredes heladas tenían un extraño brillo cristalino que les permitía tener luz sin ningún problema.

—Creo que debemos tomar el túnel que está a nuestras espaldas, pues se escucha un murmullo de agua corriente, y para mí esto significa la posibilidad, al menos, de no morir de sed en caso de que se agotaran nuestra reservas. Además, no sabemos cuánto tiempo permaneceremos aquí —finalmente dijo Mazar.

—Estoy contigo, amigo. Me suena razonable —Egreth le contestó.

No obstante, Centinela tenía un vago presentimiento de que debían ir por el camino del lado izquierdo. Se aproximó para echar una ojeada y en eso resbaló en la húmeda superficie. Sin poder sostenerse se precipitó como en una resbaladilla gélida, y cuando Egreth intentó detenerla de un salto, un sólido bloque de hielo se lo impidió, cerrándoles el paso sin que pudieran hacer nada. Mazar y Egreth se quedaron sorprendidos un rato y decidieron bajar con cuidado por el túnel del murmullo de agua. La bajada no era tan empinada como la del camino por donde se les escapó la chica. El gran guerrero iba preocupado y el centauro le dijo:

—La encontraremos, no te preocupes; de eso me encargo yo.

El sonido del agua incrementaba a medida que bajaban; se escuchaba una gran corriente. Instantes después llegaron a una galería aún más grande que la anterior; esperaban encontrarse con el mago en cualquier momento. Decidieron explorar esta gran cavidad; debían buscar un paso seguro por donde continuar hasta la guarida de Magreg. Pero eso no sería necesario porque frente a ellos, como a unos veinte pasos, apareció el nigromante, enfundado en la vestimenta tradicional de su orden: una gran capa larga le cubría hasta abajo de las rodillas; usaba un traje holgado anudado en la cintura por un gran cordel dorado y su inseparable bastón borlado. Los miraba fijamente y les dijo:

—Estimados forasteros los estaba esperando. Mi querido Mazar, finalmente llegas conmigo y sin tú saberlo me traes la piedra mágica: el Oóstulo de la verdad. Te esperé mucho tiempo, pero sabía que tarde o temprano la reliquia te guiaría a mí.

Atrás del mago surgió la figura de Centinela vestida con una túnica blanca que resaltaba su bella figura.

—¿Qué le has hecho? —gritó en seguida Egreth—. Si le has causado daño te las verás con mi espada, brujo.

El mago volteó a ver al muchacho y le dijo con burla:

—Periatiano, ¿crees que le haría daño a mi propia hija? Zosviez llevó a cabo su cometido; la tomó bajo su cuidado por encargo mío. Todo estaba planeado para que sucediera así, nunca doy un paso en falso.

Mazar y el guerrero enmudecieron.pues no esperaban este desenlace, fueron embaucados y utilizados de una forma ruin. La voz del mago se escuchó nuevamente.

—El pergamino que encontraron fue diseñado por mí y no me equivoqué, centauro. Sabía que resolverías el enigma de alguna forma, y al fin estás aquí.

En ese instante el centauro, con un movimiento rápido, tensó su arco con una flecha dirigida al corazón del hechicero, y le dijo:

—Suelta a la muchacha y entrégame la joya de inmediato, si no, te atravesaré con esta flecha.

El mago se mantenía tranquilo a pesar de la amenaza y le dijo sonriendo:

—No has entendido nada, gran centauro. Estás en mis manos, más de lo que te imaginas.

Hasta ese momento no se habían percatado de que el hechicero tenía una cajita en una de sus manos. De ahí sacó un pequeño Oóstulo en miniatura, idéntico al verdadero, y se lo mostró a Mazar.

—Esta pequeña piedra está conectada con la original, cuando están cerca una de la otra, como ahora, tengo la facultad de controlarlas con la mente.

El centauro sintió un agudo dolor en el pecho, soltó su arco y prorrumpió un ronco alarido, el mago sólo observaba. Egreth rápidamente tensó su ballesta, un proyectil se encajó en el hombro izquierdo del mago, haciéndolo tambalear; sin embargo, se recuperó pronto y con un movimiento de su mano el joven se elevó por los aires. Lo estampó en una de las paredes cubiertas de hielo, la cual se resquebrajó ante el impacto. Egreth cayó malherido mientras Centinela observaba todo, pero ausente. De seguro un hechizo la mantenía en ese estado. Mazar aprovechó la confusión para acercarse sigilosamente hacia el mago; podría sorprenderlo, tomarlo entre sus poderosas manos y desnucarlo sin que se diera cuenta. El hechicero lo alcanzó a ver y en esta ocasión, usando sus poderes arcanos, lo elevó en el aire, manteniéndolo a flote sin que el centauro pudiera hacer nada.

—Te diré la verdad de todo, viejo amigo, mientras estás completamente inerte en el aire —le dijo el nigromante burlándose—. El Oóstulo se encuentra incrustado en tu pecho, cerca de tu corazón. Con una orden mía te puede hacer mucho daño, lo único que necesito es que me permitas extraerlo y los dejaré partir; aunque algo sí te digo, con la piedra seré tan poderoso que hasta el gran mago Huriart quedará bajo mi control. De igual manera pasará con todo aquel que intente detenerme. Si quieres puedes compartir la gloria conmigo, mucho has hecho ya sin desearlo; puedes ser mi mayordomo o mi esclavo, eso tú lo decides.

Mazar comprendía todo. La herida en su pecho no era producto de una lucha: el desquiciado mago le había tratado como a un experimento abominable para evitar que el mago supremo Huriart encontrara la piedra, Mazar era el portador. En ese momento se dio cuenta de lo que tenía que hacer. Observó que había un enorme foso en el fondo de la caverna donde se formaba un poderoso remolino que succionaba el agua con gran fuerza, seguramente así lo haría con cualquier cosa que se arrojara. Con una profunda voz le dijo al hechicero:

—Está bien Magreg, tú ganas. Seré tu esclavo o lo que quieras, y puedes sacar la piedra de mí. Nada más te pido que dejes partir al joven guerrero con vida.

El mago dejó caer al centauro al instante, quien con un gran golpe se estrelló contra el piso, Egreth continuaba inconsciente. Atrás del mago, la mirada de la bella Centinela ahora tenía todo su brillo. Observó la situación y permaneció con una actitud de aparente sumisión. El mago, sin darse cuenta, había dejado sin efecto el control sobre su hija. Mazar, mientras tanto, se había acercado subrepticiamente al borde del foso; alzó la voz para que lo escuchara el ruin mago.

—Magreg, hay algo con lo que no contabas y que nunca podrás comprender…el sacrificio por amor.

Y sin pensarlo más se arrojó al vacío ante la mirada atónita del hechicero, quien no tuvo tiempo de hacer nada. Corrió presuroso hasta el borde del abismo: ahí sólo estaba el fragor de la fuerte corriente del embudo. Tal fue su desesperación, que dejó su bastón mágico. Centinela se colocó atrás del mago y resuelta le dio un fuerte empellón, el mago se precipitó al foso con un agudo grito. La chica observó cómo el remolino se tragaba a su perverso padre. Se quedó petrificada durante un rato, observando el vacío. Egreth entretanto se había incorporado con dificultad, y aproximándose a la chica le preguntó:

—¿Qué ha pasado? ¿Dónde está Mazar? ¿Y el mago?

La chica lo volteó a ver con lágrimas en los ojos.

—Mazar, el gran centauro, se ha sacrificado valientemente por el bien de todos.

Ambos se abrazaron apesadumbrados; sabían que tenían que salir de ese fatídico lugar cuanto antes. En el camino, Centinela le contó lo sucedido a Egreth.

—El gran centauro tenía la reliquia mágica en su pecho, tengo la corazonada de que pronto sabremos algo más de él —dijo pensativo el gran guerrero.

Tomando la mano de la hermosa Centinela se alejaron con paso lento, pero con gran esperanza en el futuro.

Anselmo el vampiro

I

El despertar

Anselmo se levantó como siempre, al anochecer. Las estrellas y la eterna Luna, con su pálida luz, indicaban el momento propicio para iniciar sus actividades. No recordaba desde cuándo venía realizándolas, no sabía si habían transcurrido tres años, cinco o quizás más. Esto no importaba mucho, lo verdaderamente urgente ahora era saciar su sed, pues tenía varios días sin probar "bocado" y necesitaba alimento. Miró sus manos arrugadas y ásperas, su piel reseca y sus precarias venas, que apenas resaltaban en su blanca piel.

Se sentía muy débil y al caminar se apoyaba en cualquier muro o desvencijado mueble. La vieja y abandonada casona crujía demasiado. En otras ocasiones no se había percatado de esto, ahora le aturdía este ruido a pesar de que estaba demasiado flaco, casi esquelético. "La casa no resistiría a un hombre voluminoso", se dijo a sí mismo.

Se dirigió a la estancia principal en penumbras, y en la medida en que recorría la habitación, una inesperada luz inundó las paredes y el viejo mobiliario con esplendor. Pero la luz no era la natural de una noche de Luna llena, emanaba de sus propios ojos grises. No es que brotara de ellos, más bien esta maravilla sucedía gracias a sus ojos y quién sabe qué hechizo mágico. Era una de las cualidades extraordinarias que Anselmo poseía y de la cual no siempre estaba muy consiente.

Y no sólo eso, todos sus sentidos estaban aguzados. Podía escuchar cómo se arrastraban un sinnúmero de bichos y gusanos bajo las podridas duelas, lo percibía con bastante nitidez. Sus sentidos estaban muy desarrollados, tanto así que su olfato captó un aroma exquisito, y se percató que eran los efluvios vitales de una posible víctima. De inmediato, y como pudo, se acercó a la ventana más próxima, atisbando hacia la dirección de dónde provenía esa delicia olfativa. Pudo ver claramente, en la vereda que estaba hacia el norte, una pequeña figura que caminaba altivamente, y aunque estaba a más de dos kilómetros captaba con claridad cómo se alejaba aquella muchacha con su andar gracioso. Escuchó que canturreaba una dulce melodía, y de inmediato se agazapó sobre la cornisa; saltó al patio que se encontraba como a dos metros hacia abajo, pero en su desesperación olvidó su fragilidad y al caer un dolor agudo lo hizo tambalearse. La rodilla de su pierna derecha se dislocó inmediatamente al tocar el piso, aun así la ansiedad de llegar a su presa fue mayor, y con un chasquido seco se acomodó la rótula, lo cual le ocasionó un dolor más intenso.

—Debo caminar con más cuidado, parece que me estoy desbaratando —gruñó.

Enseguida se incorporó con precaución y siguiendo el rastro se enfiló hacia el viejo camino. Parecía que su presa se estaba alejando mientras él luchaba consigo mismo, esto significaba andar más deprisa. Si... tenía que atraparla antes de que llegara al poblado cercano.

El camino resultaba más tortuoso de lo que recordaba: había arbustos espinosos y grandes rocas que dificultaban su andar. Su paso era lento y cuidadoso, para colmo, después de andar un trecho como de un kilómetro el terreno se convirtió en una zona pantanosa y fétida. Las lluvias abundantes de los días anteriores habían hecho su parte y a cada paso que daba Anselmo sus pies se hundían casi hasta las rodillas. Así nunca llegaría a tiempo hasta donde se encontraba su potencial víctima, que a cada minuto se alejaba más y más. Sentía que se debilitaba con cada esfuerzo; finalmente fue a dar de bruces con el fango. Se incorporó con lentitud, limpiándose la cara de inmundicias y fragmentos de hierbas pútridas. Su fino olfato le indicaba que su objetivo estaba cada vez más lejos y su desesperación no conduciría a nada. En ese momento se percató de que el cielo se empezaba a llenar de oscuros nubarrones, lo que complicaría su cometido.

Para dificultar las cosas, sintió una molestia en su curvada espalda. Se quitó la vieja casaca gris como pudo y, gran sorpresa, aparecieron y se distendieron un par de plegadizas alas enervadas. Él no podía comprender cómo se le podía haber olvidado algo tan fundamental.

—¡Pero si puedo volar! ¡Que estupidez la mía! —exclamó.

Entonces desplegó sus membranosas alas e intentó volar, mas ya no tenía la energía suficiente para hacerlo. Además, estaba hundido en el suelo cenagoso que lo aprisionaba. Finalmente, con un gran esfuerzo, logró salir del lodazal y emprender el vuelo. No era un vuelo elegante, a cada aletazo caía y rozaba el agua pantanosa.

—Esto es más complicado de lo que parece —masculló.

En ese momento, para complicar todo aún más, empezó a caer una lluvia pertinaz y la atmósfera se llenó de electricidad. Parecía que sucumbiría ante el esfuerzo agotador al que estaba sometido.

Eunice, la esbelta muchacha, corrió a refugiarse rápidamente en el viejo granero que estaba a un lado del camino ante la acometida repentina de la lluvia. Aunque en la lejanía se vislumbraba la aldea, prefirió guarecerse mientras se calmaba la tormenta; los rayos eran otro factor de cuidado que había que tomar en cuenta. Ahora se arrepentía de haber salido tan tarde del poblado Del Arroyo. Si bien no distaba mucho de su pueblo, sabía que era riesgoso caminar sola por la noche en ese sitio. Las nubes taparon la Luna por completo y el ambiente quedó sumido en una oscuridad abrumante, apenas podía distinguir sus manos. La chica se sintió incómoda y enojada consigo misma por su torpeza. Una sensación incómoda la asaltó, se sentía como observada y el terror empezaba a hacer presa de su ser, al grado de intentar echarse a correr desaforadamente, mas se contuvo y trató de tranquilizarse.

Los relámpagos se sucedían uno tras otro y en la luz de cada destello aparecían ante sus ojos grotescas figuras que se esfumaban al cesar la luz. Un fragor espeluznante y una gran luminiscencia llenaron el ambiente y alcanzó a percibir a lo lejos la vieja casona sobre la que pesaban tantas historias macabras. Casi nadie del pueblo se atrevía a visitarla, las supersticiones lo impedían. Esto la inquietó aún más. Un nuevo relámpago intenso, y ahora le pareció ver hacia la ciénaga y distinguir una grotesca figura alada y enorme que luchaba arduamente por mantenerse en vuelo. Eunice quedó muy impresionada. ¿Sería su imaginación alborotada? "No, lo que vi parecía muy real", pensó, y se estremeció. Todo su cuerpo temblaba no sabía si por el pánico que la estaba envolviendo, por el frío y la humedad del ambiente o ambas cosas. Los truenos y relámpagos se calmaron de repente y la pertinaz lluvia ya era sólo una leve llovizna. La muchacha salió del granero enseguida y se enfiló por el camino con paso apresurado, que pronto se convirtió en una alocada carrera hacia la aldea.

Anselmo, agotado, observó cómo se alejaba la chica, y tratando de secar sus gelatinosas alas se apresuró para alzar el vuelo nuevamente. Estaba muy agotado y su cuerpo necesitaba el elixir de la vida, y lo conseguiría a como diera lugar. Parecía que sin la lluvia podía controlar mejor el vuelo, y con un gran aletazo inicial se elevó del suelo. Ya se encontraba prácticamente en la orilla del camino, todo era cuestión de seguir por la vereda hasta caer sobre su indefensa víctima.

El maestro

Ethelredo, el mayordomo se limpió con parsimonia sus afilados dientes y saboreó hasta la última gota del purpúreo líquido que intentaba escaparse por las comisuras de sus labios. Se había convertido en un hábil cazador de doncellas y disfrutaba enormemente torturar a sus víctimas. Se instaló justo a un lado del viejo panteón, en la antigua escuela abandonada que nadie frecuentaba. En ese momento recordó al cuidador anterior del cementerio, un hombre de mediana edad demasiado flaco, por eso no le había llamado mucho la atención. ¿Qué tanto podría extraer de un hombre como él? Fue en el invierno de hace cuatro o cinco años cuando se le complicó encontrar alimento fresco y alcanzó a vislumbrar la casita del enterrador; raudo se deslizó furtivamente hasta dicho lugar, como sólo él sabía hacerlo. Cuando el hombre se disponía a descansar, Ethelredo utilizó el truco del lamento de muerte, y Anselmo, el cuidador, sintió cómo se erizaban sus vellos al escucharlo. Armándose de valor salió de sus aposentos, con temor, pero decidido a auxiliar a aquel infortunado moribundo. Apenas dio tres pasos cuando una gran sombra se le atravesó, y sin darle tiempo a reaccionar sintió un gran peso que lo doblaba y un agudo dolor en su cuello. "En efecto —pensó Ethelredo— aquel infeliz no fue un buen banquete". Pero dadas las circunstancias apaciguó su sed, aunque no sorbió por completo al desdichado: el sabor de la sangre del sepulturero no era muy agradable.

Todo esto hizo que el elegante vampiro recordara que tenía que encontrar a Anselmo y darle la dentellada definitiva ya que para que ninguna de sus víctimas se transformara en un "no vivo" debía sorber todo su líquido vital. Además, había escuchado el rumor de que algún competidor rondaba las afueras del pueblo, y eso no lo iba a permitir.

Dio la casualidad que una semana después de que Ethelredo rememorara este acontecimiento se le ocurrió visitar a Anselmo y acabar con ese asunto definitivamente.

Eunice sentía una presencia extraña que la perseguía, el temor la embargaba; iba casi corriendo y ya vislumbraba las luces de las primeras casas de la aldea, lo que le dio fuerza. Escuchaba un extraño sonido justo detrás de ella, como un golpeteo rítmico, pero no se atrevía a voltear. Un rictus de pavor se dibujaba en su bello rostro, sentía cómo esa presencia alada se aproximaba más y más a cada instante. Un asqueroso siseo la alarmó aún más y escuchó unos murmullos emitidos por algo grotesco; también percibió un olor nauseabundo que llenaba la atmósfera circundante. No podía más, sentía que iba a desfallecer y empezó a proferir unos gritos que parecían lamentos del más allá. La desesperación y el terror la abrumaban casi hasta el paroxismo. En ese momento, justo enfrente de ella, una enorme figura alada se posaba suave y elegantemente; era un ser horripilante que, sin embargo, le provocó una extraña sensación. Mientras tanto, a sus espaldas, el aleteo que la perseguía se intensificó. Con notoria torpeza el otro ser alado se posó exactamente detrás de ella, exhalando un vaho asqueroso con la respiración entrecortada por el esfuerzo realizado.

Anselmo miró con desagrado al ser que les cortaba el paso, era una figura impresionante: alto, esbelto y agraciado, aunque a la vez repugnante. Sin saber cómo, lanzó un agudo alarido que le impactó a sí mismo. Al escucharlo, Eunice se tapó sus oídos por instinto y el terror la invadió por completo. Ethelredo, entretanto, sin hacer el mínimo caso al exánime Anselmo, observaba fijamente a la bella muchacha postrada frente a él, nunca había observado tal hermosura en una aldeana. Sus ojos mostraron lascivia y hambre; era la víctima perfecta y por nada del mundo iba a permitir que un cadavérico vampiro torpe e inútil la asediara. Dando un gran aletazo se elevó y en un rápido movimiento cayó sobre el cuerpo debilitado de Anselmo, alzándolo y arrojándolo a varios metros sobre la húmeda vereda. Al caer el debilitado vampiro se lastimó la rodilla ya dañada, profiriendo un grito de dolor. Ethelredo se acercó nuevamente sobre su contrincante, propinándole un golpe que lo lanzó, nuevamente, varios metros. Anselmo comprendió su delicada situación y agazapándose como pudo, y tomando fuerzas de su propia desesperación, hambre y ver que su anhelada victima sería alimento de este advenedizo, se lanzó con una furia inusitada sobre su enemigo, infligiendo un severo empellón sobre Ethelredo, quien cayó dando tumbos en una situación bastante bochornosa para él.

Eunice se había incorporado y observaba con admiración y horror la batalla que se presentaba ante sus ojos. Reaccionando como pudo, se empezó a alejar furtivamente del lugar; primero sin querer llamar la atención, pero en cuanto se sintió más lejos de esta extraordinaria lucha corrió apresuradamente, sin atreverse a voltear para ver qué ocurría.

Los dos grotescos seres continuaban enfrascados en una lucha dispareja, pero intensa, que vaticinaba la derrota del débil Anselmo, quien, empero, se defendía lo mejor que podía. Las dentelladas y los golpes que ambos contendientes se infligían ya mostraban sus huellas sobre sus hinchados rostros. Finalmente, con un mordisco profundo, Ethelredo logró deshacerse de Anselmo, que cayó sin fuerzas a un lado del camino. De inmediato Ethelredo reaccionó y buscó a Eunice, quien en ese momento pedía refugio en una de las primeras casas del pueblo. Algunos aldeanos salieron al escuchar los alaridos infernales; se juntaron y acudieron en auxilio de la pobre muchacha con antorchas y cuchillos, quien, con estertores, relataba lo acontecido.

Sumamente molesto por la situación, el elegante vampiro observó cómo perdía su presa. "Será mía en otra ocasión", pensó. Y acto seguido dirigió su furibunda mirada sobre el infortunado Anselmo, que intentaba enderezarse. Para su fortuna, en ese momento se escuchó gran algarabía y las llamas de varias antorchas se veían a lo lejos, se acercaban hacia ellos por la vereda. Ethelredo se encontraba muy cansado como para enfrentarse a esa turba de campesinos, y alzando el vuelo alcanzó a vociferar:

—Pronto vendré por ti, desdichado, y acabaré contigo. Si es que ellos no lo hacen por mí —dijo esto último dirigiendo su encendida mirada hacia los hombres del pueblo que cada vez se encontraban más cerca.

La situación era bastante difícil para Anselmo, que apenas podía incorporarse. Las fuerzas le faltaban y la lucha contra el otro engendro le dejó muy agotado. Sabía que si lo atrapaban acabarían con él a golpes y luego lo quemarían. Como pudo se logró erguir e intentó desplegar sus maltrechas alas: no respondían era inútil. Empezó a correr, aunque la rodilla le punzaba y no podía ir tan rápido como la situación lo ameritaba. Escuchaba los gritos cada vez más cerca y se sentía desfallecer; por fortuna para él, el cielo se cubrió de nubes oscuras nuevamente, lo que hizo que la tenue luz de la Luna desapareciera. Tenía que aprovecharlo. Con gran esfuerzo pudo volar finalmente, casi a ras del suelo. No obstante, así su avance era mejor y la falta de luminosidad hizo que los campesinos fueran más lento, además, muchos de ellos entraron en pánico al encontrarse en la oscuridad: la luz de sus antorchas no les bastaba para alumbrar bien el camino. Anselmo ahora volaba más rápido y logró elevarse un poco más, alejándose de la muchedumbre. Con otro esfuerzo estaría a salvo de sus perseguidores.

La reunión

Llegó desfalleciente a la vieja casa que le servía de guarida. La noche había sido fatal, no sólo no pudo alimentarse, sino que después del enfrentamiento con Ethelredo estaba aún más débil. La noche llegaba a su fin y al oriente un leve resplandor anunciaba la llegada del día. Anselmo decidió, como lo había hecho en algunas ocasiones, saciar su sed con las jugosas moras que se encontraban en la parte posterior de la casa. Por suerte abundaban y pronto se encontró arrancando las preciosas frutas y deglutiéndolas de manera apresurada. El ruido que ocasionaba al comer era muy desagradable, pero dadas las circunstancias esto era lo de menos. De lo que no se había percatado, al menos conscientemente, era del gusto que les empezaba a encontrar. Al concluir su atragantada faena se sintió con más fuerza y lozanía, es más, podría decirse que se sentía bien. Para entonces el Sol ya se desplegaba en su majestuosidad, y con gran sorpresa Anselmo se percató de que ya no le molestaba tanto. La sensación de picazón que le ocasionaba en su piel era leve y los lumínicos rayos ya no afectaban tanto sus grises pupilas; incluso disfrutaba la tibia sensación que le producían.

Decidió salir al traspatio y alcanzó a escuchar el ruido del mar rompiendo en el acantilado. Se acercó curioso a la orilla del despeñadero cercano a su "hogar", y cuál sería su sorpresa al distinguir un navío extraño: un gran galeón que tenía el emblema cadavérico típico de los piratas. Con su aguda visión pudo distinguir la tripulación a bordo; en efecto se trataba de truhanes del mar, que, por cierto, miraban con sus catalejos justo hacia donde él se hallaba. "Ojalá no se les ocurra venir por acá, ya tengo demasiados problemas", pensó. En ese momento algo más llamó su atención, a un lado de la vieja mansión en que él habitaba, a escasos trescientos metros, le sorprendió ver otra vieja antigua construcción de la cual nunca se había percatado. Curioso se decidió a investigar. Desplegó plenamente sus membranosas alas al Sol para que se terminaran de secar y acto seguido emprendió el vuelo hacia su objetivo. Se encaramó en las ramas macizas de un viejo roble que se encontraba sobre la barda posterior del viejo inmueble y se introdujo en el abandonado jardín de la casona. Trepó hasta el techo y le pareció escuchar algo, se asomó curioso por un viejo domo semidestruido con varios cristales rotos y por ahí distinguió una extraña escena: en una habitación se encontraban cinco niños cuyas edades fluctuarían entre los diez y doce años, todos ellos absortos en la lectura. Empero, no sintió ningún deseo insano hacia ellos; el hambre que poco antes lo abrumaba había desaparecido; además, no se atrevería a atacar a esos muchachos, eran cuatro jovencitos y una hermosa niña. Al contrario, sintió cierta compasión hacia ellos, ¿quién iba a pensar eso de él? Entretanto la jovencita alcanzó a percibir una sombra en el techo y volteó de inmediato, asustada, hacia donde se encontraba Anselmo. Pero el vampiro, en un veloz movimiento, se logró apartar de su vista, lo único que distinguió Verónica fue una sombra fugaz de algo o alguien que se escabullía rápido hacia la salida de la mansión. La muchachita observó a sus compañeros para ver si se habían dado cuenta de algo, pero ellos permanecían impasibles. Un fuerte escalofrío recorrió su pequeño cuerpo, sin embargo, prefirió no comentar nada y regresó a su lectura.

Anselmo regresó a su guarida, su vuelo seguía siendo torpe y se estrellaba continuamente con algunas rocas. Justo en el momento en que iba a escudriñar el acantilado para ver si continuaban ahí los bucaneros, una sombra furtiva se cruzó en su camino; volteó hacia donde percibió movimiento y distinguió en la entrada de una pequeña cueva a un hombrecillo de picudas orejas que lo observaba fijamente, no con temor, sino curiosidad. Le dijo, con una aguda voz, palabras que Anselmo no comprendió; en sus manos llevaba una especie de escopeta con extraños brillos azules. Anselmo se acercó y el gnomo le apuntó con aquel extraño artefacto, pronunciando entonces algo que el vampiro sí comprendió.

—Aléjate de mí engendro demoníaco o te mando al abismo.

Anselmo iba a contestarle que no le haría daño cuando un gran resplandor cruzó el firmamento y una especie de carruaje celestial se posó ante ellos con un ensordecedor ruido. El polvo que se levantó impidió que los dos extraños seres pudieran observar con claridad qué sucedía; un segundo sonido seco indicó que se había abierto alguna puerta y finalmente observaron a un hombre alto, delgado y envuelto en un brillante traje laminado que los observaba fijamente con gran asombro.

Algo más llamó la atención del hombre caído del cielo quien, volteando hacia el acantilado, observó el galeón pirata con curiosidad. En ese momento el sonido de un galope rítmico hizo que este singular grupo dirigiera su atención hacia un nuevo personaje que sin invitación previa se sumó a tan singular reunión; era un bello ejemplar centaúrico, grandioso e imponente, que se mostraba pleno y orgulloso de su raza; los miró con una mezcla de sorpresa y superioridad. Enseguida se alejó sin más. El gnomo, el vampiro y el hombre plateado, siguieron al centauro instintivamente hacia el lugar donde se había alejado.

Recorrieron un pequeño trecho cuando, para sorpresa de Anselmo, el hombrecillo, el extraño ser plateado y el centauro, que ya se perdía en la distancia, desaparecieron ante sus atónitos ojos con un gran resplandor, dejándolo en extremo desconcertado.

Regresó a su guarida, donde decidió descansar. Habían sucedido muchas cosas extrañas y necesitaba reposar, pero ya no buscó la oscura buhardilla de costumbre, sino que se recostó en el viejo sillón desvencijado de la estancia y quedó profundamente dormido.

Extraños sucesos

Anselmo despertó al anochecer. Nuevamente sentía los estragos del hambre pero ahora la confusión lo embargaba. El deseo ferviente de saciar su sed no era tan intenso como el deseo de acabar con su "creador". Ahora comprendía que quien lo había convertido en este horripilante ser no era otro sino el infame Ethelredo; además, sabía que él era el causante de tanta muerte y dolor en la aldea. Por un momento creyó que él mismo era el culpable de los fatídicos sucesos que comentaban los campesinos, pero sintió un gran alivio en su espíritu cuando recordó de que a lo más que había llegado fue sorber la sangre de algún animal muerto en el camino; lo que le había causado, por cierto, enorme repugnancia. Recordó también, con gran beneplácito, el agradable sabor de las moras frescas a las que se estaba habituando. Acto seguido salió a saciar su hambre enfrascándose en el deleite de saborearlas hasta hartarse.

Su rugosa piel mostraba ahora un mejor color, era más rosado. Asimismo, la turgencia regresaba de manera gradual a su cuerpo, su rodilla le molestaba menos y en general su estado de ánimo y su estado físico mejoraron notablemente. Al anochecer salió de la vieja casona, encaminándose con decisión hacia la aldea. No recordaba la pequeña vereda que partía justo enfrente del lado oriente de la casa, "de haberlo hecho no habría sufrido tanto la noche anterior para llegar al camino principal", pensó. Ahora ni siquiera se le ocurrió desplegar sus alas y volar, lo que deseaba era pasar desapercibido.

Al llegar a la vereda decidió ir por un camino alterno más discreto, no quería que los aldeanos le vieran, pues bien sabía que su aspecto era aterrador en todos los sentidos. Llegó, por fin, a las afueras del pueblo y decidió rodearlo hacia el norte para dirigirse al cementerio. La memoria le regresaba.

—Benéficas moras —murmuró.

En ese momento alcanzó a observar la vieja escuela que estaba justo detrás de la entrada principal del campo santo y sintió cómo su cuerpo se estremecía al pasar frente a ella. Entró discretamente al panteón y se dirigió hacia el centro. Se dio cuenta que conocía el camino a la perfección: a una vuelta a la izquierda estaba la lápida del marqués de Capadocia y luego, a la derecha, la tumba de la familia Reygadas, y de ahí enfrente, como a cien metros, en el centro del cementerio, su pequeña casa. Se acercó suavemente, se había convertido en un hábil merodeador. Miró por la ventanilla y observó a un hombre mayor con una mujer que supuso era su esposa. Comían sus alimentos y sintió pena por ellos; recordó su cotidiana y aburrida vida anterior.

—Bueno, al menos él no está solo —reflexionó enseguida.

Se internó en lo más oscuro del cementerio y con el ánimo ardiente se aproximó a la derruida escuela abandonada en la entrada del mismo. Su cautela se intensificó, pues sabía bien que Ethelredo había convertido el lugar en su guarida y los sentidos de los vampiros son agudos; él los conocía perfectamente, no debía hacer ningún ruido delator y procedió a untarse el cuerpo con lodo, así el engendro no identificaría su característico hedor tan fácilmente. La sorpresa era el elemento fundamental en su cometido.

En ese instante un agudo gritó estremeció a Anselmo. "Creo que llegué demasiado tarde" pensó, y se dirigió raudo hacia el sitio de donde procedía el lamento. Una joven mujer se encontraba desnuda en el suelo, las características marcas de los colmillos en el cuello de la víctima confirmaron sus sospechas: aún se percibía en el ambiente el nauseabundo olor del maléfico ser que había sorbido todo el vital líquido de la mujer.

—No puede estar muy lejos —reflexionó—. Seguiré su rastro y... ¿Y qué haré? —se dijo a sí mismo.

Menuda situación. ¿Cómo pensaba acabar con el malvado Ethelredo? Él era más fuerte, más hábil y más poderoso, eso lo sabía perfectamente; recordó la lucha que habían sostenido la noche anterior. Un ruido de pasos y voces que se acercaban lo alertó y trepó a la cornisa de la vieja escuela, ocultándose en las sombras. Un grupo nutrido de hombres y algunas mujeres se acercaba,

128

antorcha en mano, al lugar donde se encontraba la desafortunada víctima. Habían escuchado los gritos y al encontrar el cuerpo de la joven profirieron gritos y amenazas.

—Ya es demasiado —dijo uno de ellos—. Debemos acabar con esto de una vez por todas —vociferó con gran ira y desesperación en su rostro.

—No estará lejos, revisemos la vieja escuela, ahí se debe ocultar —dijo un hombretón.

En ese momento Anselmo distinguió entre la muchedumbre a la bella muchacha Eunice. ¡Era tan hermosa! ¿Cómo se le había ocurrido hacer sufrir a la chica? Se sintió como un ser ruin y esto hizo que la rabia aflorara en su ser. No iba a permitir que la gente del pueblo siguiera sumida en el terror y la desgracia por causa del fatídico engendro. La oportunidad que esperaba se presentaba ahora. Ayudaría de alguna manera a la enardecida turba, ¿pero cómo? No se podía presentar ante ellos sin más y ofrecerles su valiosa ayuda; en ese instante se le ocurrió una gran idea, bueno, eso pensaba él. No podrían distinguir entre Ethelredo y él, a pesar de todo su aspecto era similar. Entonces escuchó la dulce voz de Eunice.

—Esperen, no es solamente un vampiro. Recuerden que son dos, ayer los vi enfrentarse entre ellos.

El viejo Alcalde sopesó lo dicho por la muchacha y con una sonrisa sarcástica dijo:

—Pues bien, dejemos que se acaben entre ellos, seguramente luchan por lo que consideran su coto de caza.

—Pero, su señoría —insistió Eunice—, el esbirro del demonio, el elegante, destrozó ante mis ojos al otro, al escuálido y patético. Yo lo vi.

—Si... bueno, pero recuerda —comentó el jefe de la guardia rural—, alcanzamos a distinguir al perseguirlos cómo uno de ellos se dirigió hacia la aldea y el otro se alejó hacia la vieja casona del acantilado. Un grupo deberá entrar a la vieja escuela y otro deberá partir de inmediato a la casona.

Los gritos de aprobación significaban que las palabras del jefe de la guardia surtían efecto sobre la población y Anselmo se alarmó ante esa posibilidad. "No, eso sería un error. Perderán el tiempo y dividirán fuerzas. ¿Cómo les digo que yo les puedo ayudar? Conozco el comportamiento de los "no vivos", obviamente, y sé algunas de sus debilidades. El mejor momento para atraparlo y acabar con él es cuando el Sol despunta en el alba, el sopor que ocasiona el amanecer los debilita, los hace más vulnerables; bueno, más bien " nos hace" más vulnerables", pensó y sonrió irónicamente. Mientras tanto, los aldeanos se aprestaban a formar dos grupos. El alboroto que armaban, sin embargo, fue fatal para sus pretensiones. Ethelredo se disponía a sumirse en el letargo propio de los de su especie después de la abundante cena que había tenido; se apresuró, no obstante, a investigar el motivo de tal agitación en los límites de su guarida, y desplegando sus enormes alas emprendió el vuelo: raso y silencioso. Era un maestro en el arte de la sorpresa y a pesar de estar encima de los aldeanos éstos no lo percibieron. Anselmo sintió su presencia, su olor y su maldad de inmediato; dirigió su mirada hacia el oscuro cielo: lo vio enorme y majestuoso, volando sobre los desdichados humanos. Anselmo, como pudo, se ocultó y observó con detenimiento todo los movimientos del infame ser. "Se perdió la sorpresa y la posibilidad de atraparlo en su escondite", pensó. Pero a la vez buscaba alguna salida posible y dijo:

—Es ahora o nunca.

Los dos grupos estaban formados. Anselmo encontró la manera de que los aldeanos no se dividieran, y dando un profundo alarido voló directamente hacia el engendro mayor. Utilizando toda su fuerza cayó encima de Ethelredo, quien, por la sorpresa, no pudo reaccionar con rapidez. Esto fue suficiente para que los hombres y mujeres del pueblo los observaran claramente a la luz de la pálida luna. Exclamando amenazas, aterrorizados y a la vez coléricos, aprestaron sus arcos con flechas llameantes hacia los demoníacos seres.

—Acabemos con ellos. Aquí están los dos, que no escapen —vociferaban.

Ethelredo, ya repuesto de la sorpresa y sumamente molesto, tomó a Anselmo de una ala y lo arrojó hacia el tejado de una casa cercana, entre la lluvia de proyectiles que arrojaban los hombres.

—Otra vez nos encontramos, inmundo aprendiz de vampiro —exclamó iracundo Ethelredo—. Esta vez acabaré contigo, es más, te arrojaré a la turba enardecida de allá abajo y te despedazarán. ¿O acaso piensas que creerán que los quieres ayudar? Iluso infeliz.

Anselmo cayó sobre las tejas de una casa y el golpe lo aturdió. Escuchó cómo el enorme vampiro se abalanzaba sobre él nuevamente, dispuesto a cumplir sus amenazas. De un rápido movimiento logró evadir el golpe de Ethelredo, y como hábil volador que era, evitó estrellarse contra el techo justo a tiempo. Por suerte para las horrendas bestias, los arqueros no podían lanzar sus proyectiles en ese momento ya que ambos contendientes se encontraban fuera de su alcance. Anselmo bajó por el muro posterior, reptando, para alejarse de los golpes del engendro. Ante su vista aparecieron los aldeanos y se prepararon para atacarlo de inmediato; estaba en una posición muy desventajosa, lo mejor era alejarse del lugar y provocar de nuevo a Ethelredo para desviarlo momentáneamente de la muchedumbre. Emprendió el vuelo antes de que lo atacaran y voló en dirección a la vieja escuela. Ethelredo observó sus movimientos y lo siguió. Era sólo cuestión de tiempo para que alcanzara a Anselmo, pues no era tan buen volador como el malvado vampiro. Los hombres los seguían desde abajo y entraron en la vieja escuela tirando la puerta e incendiando cuanto encontraban a su paso. Esto favorecía enormemente los planes de Anselmo, pues si destruían la guarida de Ethelredo él no podría encontrar un refugio al amanecer tan rápido y quedaría calcinado al salir el Sol. Todo era cuestión de tiempo y de que el novato vampiro resistiera hasta entonces.

Anselmo volaba tan rápido como se lo permitían sus dañadas alas; sentía que Ethelredo se aproximaba más y más. Decidió bajar en picada juntando las alas a su cuerpo y penetrando la escuela por un gran ventanal semiderruido. Había un sinfín de recovecos que dificultarían que el demoníaco ser lo encontrara fácilmente; debía hallar el escondite de Ethelredo cuanto antes y guiar a los hombres hacia ese lugar simplemente mostrándose ante ellos.

El decrépito vampiro comenzó a bajar una escalinata hacia la parte más sombría y lúgubre del lugar; ese debía ser el sitio ideal donde reposaba el malvado vampiro por las noches. Mientras tanto, Ethelredo había entrado al edificio, su furia lo delataba ya que aventaba cuanto encontraba a su paso. Anselmo siguió bajando las escaleras y encontró el lugar preciso: había un viejo sarcófago, seguramente hurtado de alguna tumba, y el olor característico de sangre vieja con tierra húmeda inundó la habitación. Al fondo una vieja puerta daba hacia el traspatio de la abandonada escuela le indicó cómo podría salir de ahí; se apresuró, ya que Ethelredo adivinó sus intenciones y se dirigía justo hacia donde él estaba. Salió y desplegando sus alas se colocó justo arriba de la entrada del escondite del ser maléfico; se dejó ver plenamente a la luz de la luna ante los aldeanos, que gritaron:

—¡Miren, ahí está uno de ellos! Vamos por la parte trasera, ahí los atraparemos.

En ese instante Ethelredo surgió en toda su majestuosidad; observando a Anselmo lanzó un agudo grito escalofriante y se aprestó a perseguirlo una vez más. La turba llegó a la siniestra habitación y prendió fuego a todo: las llamas se elevaban sinuosas, solemnes. Esto acabó por sacar de quicio a Ethelredo e hizo un esfuerzo acelerado por el odio; finalmente alcanzó al vampiro redentor y lo tomó por ambas alas hasta doblarlo prácticamente en dos.

—Tu hora llegó, infeliz —le dijo a Anselmo con profunda satisfacción—. No interferirás más, gusano.

Le propinó una gran dentellada en el cuello, intentando sorber hasta la última gota de sangre del rebelde "hijo". Sorbía con prisa pues tenía que alejar a la muchedumbre cuanto antes, ya que acabarían con su horrenda morada. Al fin creyó chupar todo el líquido de su víctima y el exánime cuerpo de Anselmo se precipitó hacia el vació, cayendo al suelo con un golpe seco. Aún quedaba un pequeño ápice de vida en él y Ethelredo se disponía a atacar a la muchedumbre cuando una serie de espasmos recorrieron su cuerpo.

—Demonios —vociferó—. ¿Qué sucede?

No coordinaba su vuelo y un agudo dolor en el vientre lo obligó a posarse sobre una vieja torre de la escuela. Una gran debilidad se apoderó de él y algunos hombres se dirigieron hacia donde se encontraban los dos esbirros: uno estaba desvanecido e inerte en el suelo, el otro lanzaba lamentos escalofriantes.

—Han luchado entre ellos, como dijo el alcalde —exclamó uno de los aldeanos—. Preparen sus armas, acabemos de una vez por todas con los dos.

Varias flechas llameantes surcaron el espacio hacia donde estaba Ethelredo, dando en el blanco en repetidas ocasiones. Aun así, el viejo vampiro se aferraba a la cornisa del muro donde se encontraba con sus garras desesperadamente.

—Maldito aprendiz de vampiro, me has envenenado. No había sangre en tus venas, patético engendro. Has traicionado a nuestra esencia —gritaba Ethelredo en plena agonía.

Finalmente se desplomó, golpeándose severamente en las salientes del muro hasta llegar al piso. Los hombres lo rodearon de inmediato, muchos de ellos con machetes en mano, y empezaron a atacar al monstruo sin piedad, cercenando sus miembros. Uno de ellos sacó un aguda estaca y la enterró profundamente en el corazón del vampiro, quien se debatía en un mar de sangre y de jugo de moras. Otro aldeano descargó un certero golpe, decapitando al infortunado ser, quien quedó inmóvil al fin. Su cuerpo se contrajo hasta casi desaparecer y al aproximarse los hombres sólo encontraron cenizas que el viento dispersó en oscuros remolinos pestilentes.

Nadie se percató del momento en que el otro siniestro ser se escabulló en la confusión de la batalla. En el lugar donde yació su cuerpo permanecía un ligero aroma como de moras silvestres y dulces, nada comparado con el nauseabundo olor que se esparcía en el sitio donde cayó Ethelredo.

—Mañana mismo iremos a la casona del acantilado y acabaremos con el otro engendro —exclamó el comisario, victorioso.

El pirata y el secreto del cofre

I

El Tunante

El astuto contramaestre Ian se acercó lentamente a los tres piratas ebrios y murmurando amenazas preparó el cuetón encendió la mecha y lo lanzó al centro del grupo, haciéndose a un lado y esperando el estallido. Los tres borrachos brincaron como ranas, cayendo en medio de la cubierta del galeón sin saber qué pasaba. El viejo Terence esbozó una mueca de enojo, resaltando su podrida dentadura.

—¡Qué diablos! —vociferó—. Cuando encuentre al culpable lo colgaré del mástil.

Mientras tanto ,"el francés", Jean Beaver, tomaba su oxidada daga buscando con su incisiva mirada al culpable de tal afrenta. El tercer hombre era un astuto tártaro quien, descorriendo la vieja lona, encontró al contramaestre en una actitud de aparente temor y a la vez de burla. Su carcajada, sin embargo, surgió espontánea y descontrolada, aturdiendo a los hombres.

—¡Ja, ja, ja, se hubieran visto! Estaban tan ebrios que nunca se percataron de lo sucedido. Espero sea la última vez que se pongan así en horas de labor. ¡Vamos, haraganes. A trabajar! Zarpamos al amanecer —esto último lo dijo parsimoniosamente y poniéndose serio.

El galeón se encontraba listo para partir, ya era el alba y en la cubierta los hombres hacían los últimos preparativos. La pequeña Bahía de Cangrejos no era un sitio muy seguro, era ruta de algunas embarcaciones comerciales que casi siempre iban resguardadas por navíos de guerra bien armados. Por ahora "El Tunante" no era, ni con mucho, un digno adversario para enfrentarlos, pues esto requería muchas reparaciones; las cuales harían al llegar a "Puerto Brumoso". Ahí nunca los hallarían, era el resguardo idóneo para los piratas, corsarios, bucaneros y demás truhanes del mar, pero antes había que llegar.

En la cubierta el contramaestre Ian, un escocés maduro curtido por tantas travesías en alta mar y en prácticamente todos los mares, daba órdenes a diestra y siniestra y finalmente se escuchó el grito:

—¡Leven anclas!

Un sonido atronador de cadenas se escuchó mientras la nave crujía al iniciar su desplazamiento.

—¡El capitán nunca había dejado de participar en una salida! —afirmó Marcial el dominicano—. ¡Esto huele mal! —agregó.

El contramaestre lo escuchó, lo volteó a ver de soslayo y encarándolo le amenazó.

—¿Negro del demonio, te atreves a vociferar contra el capitán? Lo que haga o deje de hacer no es asunto tuyo. Yo estoy aquí para que todo marche en orden. ¿Alguna objeción? —le preguntó esto último alzando la voz.

El mulato que rebasaba casi por una cabeza al escocés sólo se quedó mirándolo fijamente, aceptando su jerarquía. A pesar de su carácter burlón y ofensivo el contramaestre Ian era respetado y querido por la tripulación. Nunca se amilanaba en la batalla, era el primero en saltar en un abordaje y luchaba con tal ferocidad que también era conocido como: "El poseído".

La nave se deslizaba suave por el mar, el viento era suficiente para impulsarla a buena velocidad; las velas extendidas se mostraban pletóricas, el rumbo y la dirección eran conocidos perfectamente por Ian y si algo fallaba, el viejo Suárez el portugués le aclararía sin duda el camino a seguir; a pesar de ser casi un anciano continuaba navegando, afirmaba haber nacido en un barco pirata y su deseo era morir en uno. Conocía perfectamente estos mares, sabía leer las estrellas, y por si fuera poco, predecía como ninguno las tormentas; parecía como si las sintiera, por todo ello aún se le permitía acompañarlos en sus travesías.

Al timón, Ian se hundía en sus pensamientos. "En verdad algo le sucede al capitán, no es normal su comportamiento", se decía a sí mismo. El capitán últimamente se mostraba parco y distraído, algo poco común en él. Ante las preguntas que le hacía el escocés mostraba disimulo

140

y contestaba con evasivas. La última pregunta que recordaba haberle formulado fue:

—¿A dónde nos dirigimos, señor?

La respuesta del capitán fue breve.

—A reparar la nave —y nuevamente se hundió en su ostracismo.

El rumbo hacia el noroeste era correcto, aunque esto significaba acercarse peligrosamente a la isla de Jamaica: bastión formidable de los orgullosos ingleses, con los que se habían enfrentado en varias ocasiones.

Todos estaban en cubierta en sus labores cuando finalmente apareció el capitán. Era un hombre alto y delgado con una tupida barba oscura; utilizaba una vieja casaca gris, un sombrero negro con borlas y adornos dorados y sus zapatillas charoladas. Era originario del sur de España y de mozalbete intentó entrar a la marina real de su patria varias veces, sin conseguirlo; en parte por su aspecto débil y enfermizo y también por no tener quien lo apoyara en su cometido.

Finalmente zarpó en un viejo barco de comerciantes que hacían ruta en el mar mediterráneo y que se dirigían hacia el este, a las tierras otomanas en el norte de África, donde comerciaban marfil y oro por armas. En realidad estos comerciantes hacían sus negocios a escondidas de la corona Española. En el trayecto fueron interceptados por un barco de guerra de la armada española, la mercancía fue decomisada y los tripulantes, incluyendo al futuro capitán de piratas, fueron aprehendidos.

—¿Cuál es tu nombre, mozalbete? ¿De dónde vienes? —le gritó un oficial del barco de guerra—. ¡Contesta cretino!

—Mi nombre es Joaquín Montero, originario de Cádiz, señor —contestó el joven.

—¿Qué hacías con éstos malhechores?

—Nada, simplemente me quería hacer a la mar, señor —respondió con desenfado el joven Montero.

Todo podría haber terminado ahí para Joaquín Montero, pero quiso el destino que su suerte fuera otra. El navío de la armada española se enfilaba hacia su base en la isla de Sicilia cuando aparecieron barcos de piratas turcos en el horizonte; eran cuatro y avanzaban rápidamente al ser navíos más ligeros que el enorme galeón español. La voz de alarma cundió y la tripulación española se dispuso a combatir contra los piratas. Los cañones del galeón se prepararon para disparar sus balas en cuanto los barcos estuvieron a tiro; éstos empezaron a tronar y un proyectil dio de lleno contra el costado de una de las naves enemigas, prácticamente partiéndola a la mitad. Todavía había tres más que se acercaban por la popa, una de ellas se colocó al costado de la nave española y disparó algunas balas de cañón sobre la cubierta, dando una de ellas en el mástil y quebrándolo en dos. Aun así, "El Emperador" era una nave sólida y podría resistir mucho más que eso. Mientras tanto, otro de los navíos piratas logró acercarse lo suficiente para intentar un abordaje. Los soldados españoles se aprestaban para recibir a los otomanos y en lo que unos gritaban "¡Por Alá, que mueran los infieles!", los otros decían "¡Por Dios y por el rey!".

Una escaramuza feroz comenzó sobre la cubierta del barco español mientras los cañones seguían escupiendo fuego y pólvora. En ese momento otro de los barcos enemigos era desquebrajado, también por la mitad, ahogándose la mayoría de sus tripulantes. El capitán del navío español, el almirante Ibáñez, daba órdenes y gritaba:

—¡No le permitan acercarse al otro barco, no resistiremos otro abordaje! ¡Nos faltan hombres, destrocen al enemigo!

Un cañonazo certero dio en el blanco y el cuarto barco pirata quedó seriamente dañado, no podrían abordar el galeón español. Sólo restaba dominar a los que estaban a bordo: la lucha era cruenta y los muertos de ambos bandos se encontraban esparcidos por la cubierta.

En la parte baja del galeón los prisioneros escuchaban el fragor de la batalla con honda preocupación, si ganaban los españoles sabían que la horca les esperaba, y si ganaban los turcos tendrían alguna esperanza, siempre y cuando fueran los esbirros de Al-dahib, su socio; de lo contrario los volverían esclavos en alguna remota región del mundo islámico.

Finalmente los españoles lograron controlar la situación y derrotar a los musulmanes, sin embargo, una de las balas de los barcos turcos perforó un boquete justo en la parte donde se encontraban los prisioneros y empezaron a ensancharlo aún más para escapar por ahí. El primero en salir y aferrarse a un pedazo de madera fue el joven Joaquín, quien se alejó lo más pronto que pudo del lugar hasta encontrarse a una distancia prudente de la embarcación.

Estuvo algún tiempo en altamar sin saber hacia dónde se dirigía, luego de dos días de hambre, sed y fatiga distinguió una pequeña embarcación a lo lejos y se dirigió hacia ella. Para su fortuna se trataba de comerciantes musulmanes pacíficos; al fin pudo comer y beber algo.

La tripulación de "El Tunante" se quedó quieta al ver a su capitán en cubierta. Parecía tener mayor disposición a tomar el control de la nave. Ian se aproximó a él y esperó órdenes.

II

La ensenada maldita

—¡Contramaestre Ian! —gritó el capitán—. ¿Qué rumbo llevamos?

—Pues el que usted nos indicó, señor. Vamos a Puerto Brumoso a reparar la nave —afirmó Ian asombrado del olvido del capitán.

—Bien, pues corrija el rumbo, McCarthy. Ahora vamos al suroeste, a la costa continental. Vamos rumbo a las Hibueras —dijo Montero.

Esto sorprendió a toda la tripulación ya que en todas las colonias, fueran españolas, portuguesas, inglesas, francesas u holandesas, había precio por la cabeza del capitán y de toda la tripulación de "El Tunante".

—Pero, señor... ¿A la costa? —balbuceo el contramaestre.

—En efecto —afirmó el capitán—. Y esta vez yo tomaré el timón. ¡A sus puestos!

Sin decir más dio media vuelta y se aprestó a dirigir el viejo galeón, lo cual disfrutaba mucho. Las reparaciones podrían esperar.

La costa se recortaba abrupta hacia donde se dirigían. La habilidad del capitán era proverbial y sus hombres confiaban plenamente en él; uno de ellos, el joven Poo, un indígena maya de Yucatán que se había sumado recientemente a la tripulación, gritó temeroso "¡La ensenada maldita!". Terence, el viejo inglés, frunció el ceño y Abdalá, el sarraceno, se hincó sobre la cubierta levantando los brazos al cielo y exclamando algo ininteligible en su lengua.

—Los hombres están preocupados, señor —le dijo Ian al capitán—. ¿Podría explicarnos el motivo de nuestra visita a esta tierra de malos augurios?

—Todo a su tiempo señor McCarthy. Primero, lleguemos. Paciencia —susurró Montero.

Finalmente soltaron las anclas y el galeón se detuvo justo hasta donde se podían acercar en la costa. Bamboleándose suavemente, el capitán apartó sus manos del timón y se quedó oteando el horizonte. Parecía buscar algo. Por suerte esta región no era una ruta habitual de barcos, las supersticiones hacían que pocos osaran acercarse a la zona.

—¡Saquen el ron! —ordenó el capitán.

Esto hizo que el semblante de la tripulación cambiara y algunos hombres se dirigieron prestos a las bodegas de la nave a cumplir el cometido. Las reservas eran mínimas pero suficientes para una noche de juerga.

—Hay que tranquilizar a los hombres —le dijo en voz baja el capitán al señor Macharty, guiñándole el ojo.

Una vieja rata se encontraba acomodada justo encima de uno de los barriles de ron y al ver el movimiento ni siquiera se inmutó. Era una compañera a la que se habían acostumbrado los hombres, prácticamente estaba domesticada. Hans, el alemán, armero del barco, la jaló suavemente de la cola, colocándola a un lado. La rata se volvió a acomodar como si nada.

—Un día de estos me la voy a comer —dijo el irlandés apodado "hard" y soltó una risotada.

—¡Ni se te ocurra! —le gritó el alemán—. Si te atreves te mato, bastardo.

Ambos hombres se llevaron las manos hacia sus cuchillos.

—Calma, calma, insensatos. Guarden sus armas o se las verán ambos conmigo —bramó Marcial, el gigantesco mulato.

Ambos le hicieron caso, no era prudente enfrentarse a tan formidable enemigo.

—Vaya, vaya, ahora resulta que se están peleando por una vieja rata. No se preocupen por eso, sospecho que el capitán nos tiene alguna sorpresa. No por nada llegamos hasta acá, de seguro sabe de algún botín y tendremos tiempo y oro para comer hasta hartarnos. ¡Vamos, patanes, a cargar esos barriles! —ordenó Ian a sus hombres y enseguida pusieron manos a la obra.

Esa noche en la cubierta del barco se oyeron cánticos, cada hombre quería entonar canciones de sus respectivos países. Las risas, los gritos y las blasfemias sonaron hasta el amanecer, y al despuntar el alba todo era quietud: los ebrios piratas estaban echados sobre cubierta, la mayoría de ellos dormidos después de haberse acabado todo el ron disponible. Algunos todavía empinaban las últimas gotas del elixir sagrado. Mientras tanto, el capitán revisaba un viejo mapa en su camarote tratando de ubicar el sitio donde debía estar el cofre del tesoro.

—¡Este debe ser el lugar! —exclamaba una y otra vez—. No me puedo equivocar si lo que me dijo Narváez es cierto. Estamos cerca de nuestro objetivo.

Poco a poco los hombres fueron despertando de su etílico sueño. Uno de ellos, Luigi, originario de Nápoles, atisbaba la costa por un viejo telescopio y algo llamó su atención: un pequeño grupo de hombres. "De seguro son esos indios misquito. ¿Qué buscará el capitán en estos lugares? Aquí sólo hay enfermedad y miseria; en fin, algo nos dirá. Espero que sea un tesoro, las últimas escaramuzas con los portugueses no nos dejaron muy bien parados que digamos", pensó para sí mismo.

El Sol apareció pleno y brillante sobre el horizonte y la resaca de los hombres los hizo incorporarse tratando de buscar alguna sombra. El contramaestre Ian se estiró y pateó un viejo tambo que se deslizó por la cubierta haciendo un gran estruendo, lo que acabó por despertar a toda la tripulación. Dando gritos ordenaba y pateaba a los borrachos, que con gran dificultad se incorporaban uno a uno.

—¡Vamos, haraganes! Hay que ir a tierra firme por agua y provisiones.

Montero salió de su camarote y se dirigió a cubierta, donde los hombres impacientes aguardaban instrucciones.

—Aguerrida e indómita tripulación, el motivo de nuestra presencia en este lugar es imprescindible. Parece ser que ya nos aguardan los nativos —dijo dirigiendo su mirada hacia la costa donde, en efecto, se encontraba un grupo de hombres, los mismos que poco antes había detectado Luigi, el napolitano—. Ellos nos guiarán hacia el interior, pero antes: por ningún motivo quiero que lo que aquí se comente se divulgue, que nadie más se entere. ¿De acuerdo? —la tripulación expectante asintió—. Tengo un viejo mapa que muestra el lugar exacto donde según dicen hay una gran riqueza, lo que se dice del mismo es que contiene un preciado tesoro —Montero, se detuvo un momento para ver la reacción de sus hombres, todos lo observaban con los ojos bien abiertos—. Por ahora es todo lo que puedo comentarles, debemos confirmar la historia. ¡Vamos, preparen las lanchas! ¡Nos dirigimos a la costa! Señor McCarthy ya sabe qué hacer, elija algunos hombres y que los demás aguarden en la nave.

Dicho esto el capitán se dirigió a su camarote por sus armas y por el viejo pergamino.

Acompañando al capitán iban el contramaestre Ian, Marcial el dominicano, Marco el genovés, Hans el alemán, Jean Beaver de Marsella, Terence el inglés y algunos otros. El rostro escéptico de los hombres no pasó desapercibido para Montero, sin embargo, esto parecía no inquietarle mucho. A medida que se aproximaban a la costa la inquietud parecía aumentar, el mulato y Hans brincaron a la playa para asegurar el bote y enseguida la pequeña tripulación bajó a la playa. Mientras tanto. la comitiva local se acercó a ellos.

—¡Bienvenido, capitán Montero! —dijo un hombre de mediana edad que obviamente no pertenecía a los nativos, su perfecto español indicó su origen.

— ¡Enhorabuena y dichosos los ojos que te ven, Narváez! —exclamó el capitán.

—En verdad me causó gran extrañeza tu mensaje. Llegué a sospechar que era una trampa, tú sabes que mi cabeza tiene un alto precio.

—Nunca me imaginé que acabarías de pirata, Montero. ¡Un pirata español! Vaya que me sorprendiste, y no sólo eso, ¡el capitán de "El Tunante"! El más odiado de los piratas, enemigo acérrimo de los ingleses; claro, sin olvidar a los franceses, portugueses, españoles y holandeses. En fin, eres en verdad una leyenda y eres buscado por todo el Caribe y sus regiones vecinas —concluyó Narváez.

El pequeño grupo se dirigió hacia la selva seguido por varios nativos semidesnudos. La ensenada maldita era evitada por navíos de todas las nacionalidades, incluso por los barcos piratas. Las historias que se contaban estremecían hasta a los más curtidos y experimentados marinos, y aquellos que por alguna razón se habían atrevido a hacer base en la zona caían victimas de extraño mal llamado: "Fiebre maldita". La cual pocos resistían y los que lo hacían acababan con algún tipo de locura.

Pero en todo esto no había nada de extraño, la región era particularmente húmeda, llena de manglares y pantanos; lugar de crianza de varios bichos, pero particularmente del mosquito llamado "de los delirios" por las altas temperaturas que ocasionaba con su piquete. Los aborígenes, no obstante, habían descubierto una cura, para ellos la enfermedad ya no representaba ningún problema. El remedio se les proporcionó de inmediato al capitán Montero y a sus hombres.

—¿Capitán, ahora si será posible que nos explique el motivo de nuestra visita a esta tierra olvidada? —preguntó el contramaestre Ian.

—Desde luego, señor McCarthy. Nuestro amigo Narváez escuchó sobre el gran tesoro de la ensenada maldita y al enterarse de que yo era el capitán de "El Tunante" decidió compartir el secreto conmigo. Narváez me debe la vida, eso sucedió en nuestra juventud y él desea resarcir así lo que él considera una antigua deuda conmigo.

—En efecto —intervino Narváez—. Estoy sumamente agradecido con Joaquín, nos une una entrañable amistad. Si bien es cierto que le perdí la huella a Montero, ahora que lo he encontrado pagaré mi deuda con creces. ¡Sí, señor!

—Sí, pero, ¿qué es ese gran tesoro? —insistió el Sr. McCarthy.

Sé por historias que se cuentan que es el mayor tesoro que pudiera tener hombre alguno. No comáis ansias —afirmó Narváez.

III

Duncan, Genet y el marqués del Valle

—Señor, "El Tunante" fue avistado por última vez camino hacia las Hibueras.

—Señor Burnsteld, eso es muy improbable. Nadie en su sano juicio se dirige hacia la ensenada maldita —comentó el comodoro Duncan de la armada de su majestad—. A menos que quisieran que eso creyéramos, desde luego. No obstante, disponga que se prepare la tripulación del "Intrépido" y que se dirija al punto más cercano a donde les vieron por última vez y que aguarden. Tendrán que salir tarde o temprano de ese maldito lugar y ahí los destruiremos, o, mejor aún, que los busquen y destruyan antes de que se restablezcan. Según me dicen, su nave iba en condiciones lamentables y no resistirán nuestro ataque. ¡Quiero a Montero vivo y si no, su cabeza!

El "Intrépido" salió de la isla de Jamaica con rumbo a las Hibueras al día siguiente, al mismo tiempo que el comodoro Duncan envió una misiva al almirante francés, Paúl Genet, cuya base se encontraba en la isla de Martinica; esto en atención al pacto llevado a cabo entre ingleses, franceses y españoles con la finalidad de acabar de una vez por todas con "El Tunante". Así mismo, envió otro mensaje a la ciudad de La Habana en Cuba dirigido al marqués de Santiago, gobernador de la isla, con el mismo motivo.

—¡Esta vez voy a colgar a ese maldito y a su tripulación, lo juro! —vociferaba una y otra vez el comodoro—. ¡Habrase visto un pirata español! Es el colmo de la desvergüenza. Dígame usted, señor Burnsteld, ¿que no los piratas son ingleses, si acaso holandeses y bueno, ya en el extremo, franceses? Pero nunca españoles, los ingleses son los que atacaban a los españoles y no al contrario. ¡Vaya mundo al revés!

—Recuerde, señor, que su tripulación es "variada", si me permite usar esta expresión, y así como hay españoles, hay franceses, italianos, mulatos, alemanes, bueno, hasta ingleses — dijo el capitán Burnsteld.

¡No me lo tienes que recordar! —bramó Duncan—. Pero los dirige un español y además nunca le hemos podido poner la mano encima y sus atrocidades van en aumento. Después de la escaramuza que han tenido con los portugueses es nuestra oportunidad para atraparlos.

Seguramente fueron a reparar su nave y nos quieren confundir entrando a la ensenada maldita. ¡Ah, pero por Dios! Lo seguiría hasta al mismo infierno.

—¡Señor! Le busca un emisario del comodoro Duncan —anunció un guardia al almirante Genet.

¡Que pase, que pase! —indicó Genet.

—Señor, os traigo un mensaje urgente de su excelencia el comodoro.

"¿Excelencia?", pensó para sí mismo Genet, esbozando una sonrisa sarcástica. Abrió la misiva con aparente parsimonia, leyó su contenido y le indicó al mensajero:

—Dile a Duncan que honraré lo convenido y que le enviaré mi mejor nave: "El Conquistador". Zarpará mañana mismo al lugar que nos han indicado y así cumpliré lo prometido.

"El mensajero británico" ancló en las afueras del bello puerto de La Habana y de inmediato el emisario británico se dirigió a pedir una audiencia con el gobernador en nombre del comodoro Duncan. En unos instantes más fue recibido por el marqués de Santiago y, de la misma manera que con Genet, el marqués leyó la misiva y prometió enviar dos barcos a la región indicada para acabar con la amenaza de Montero y "El Tunante".

En cuanto partió el mensajero, el marqués le dijo al capitán de la armada española:

—Señor Álvarez, diríjase rumbo a la ensenada maldita, y justo frente a la isla de "la anunciación" se encontrará con el "Intrépido" de la armada británica y con algún galeón de la armada Francesa. Se deberá destruir al barco pirata "El Tunante" en una operación conjunta, pero… nuestros navíos deben atacar al final, capitán. "El Tunante", aun dañado, puede ser muy peligroso, si es posible que las naves destruyan entre ellas mucho mejor. Recuerde quiénes son nuestros verdaderos enemigos.

—¡Sí señor! —contestó Álvarez y haciendo una leve reverencia se retiró de la habitación del marqués.

Las indicaciones que le había dado Duncan al capitán Burnsteld eran claras, había que dejar que los franceses y los españoles atacaran primero.

—Usted se retrasa un poco, como si tuviera algún problema de navegación, y solamente cuando hayan herido de muerte a "El Tunante" entrará en acción el "Intrépido". Ojalá que en la escaramuza se acaben entre ellos —fueron las últimas palabras del comodoro.

Al frente de "El Conquistador" iba el propio almirante Genet de la armada francesa y "coincidentemente" iba planeando cómo le haría para orillar a los ingleses y españoles a atacar al viejo galeón pirata primero. Ya encontraría el momento propicio para hacerlo.

Así estaban las cosas: cada uno de los navíos se dirigió al punto de reunión acordado. Para su ventura, el mar permaneció en calma, los vientos soplaron suaves pero constantes y se desplazaron a media velocidad. El primero en llegar fue el "Intrépido"; al día siguiente por la mañana llegó "El Conquistador", y finalmente, por la tarde de ese mismo día, llegaron los navíos gemelos de los españoles: "El Iberia" y "El Lontananza". En la isla de "la anunciación" se pusieron de acuerdo los comandantes y zarparon al día siguiente por la mañana hacia la ensenada maldita. Las tripulaciones se encontraban inquietas, las leyendas de esas aguas causaban terror entre muchos de ellos; lo que se decía era terrible: naves fantasmas y barcos hundidos por quién sabe qué maldición. Aun así, la paga ofrecida era muy atractiva y la mayoría de los marinos querían acabar con el cometido y regresar cuanto antes.

Ese día no había sucedido nada extraordinario, en unas horas más deberían estar avistando la costa de las Hibueras por la zona donde se supone que encontrarían a "El Tunante". Por la tarde algunas aves marinas dispersas se posaron sobre los mástiles y en cubierta; las tripulaciones reposaban adormiladas por el calor, los hombres estaban aletargados. Todo marchaba bien hasta que se escuchó un sonido amenazador: nubes de mosquitos que llegaban hasta ellos de los pequeños islotes ya próximos a la costa; los aturdían, eran aglomeraciones espectaculares, miles de enfadados y hambrientos bichos llegaban en ejércitos ávidos de sangre. Esto despertó a los hombres, que buscaban protección desesperadamente. Algunos se zambulleron en el agua, otros encendieron teas para espantarlos con el denso humo; nada funcionaba del todo, las cuatro embarcaciones quedaron sumidas en oscuras y movientes emanaciones del infierno. Los mosquitos se hartaron de alimentarse, y lentamente, al caer la noche, se fueron dispersando después de una orgía de sangre.

Los hombres finalmente se vieron libres de la plaga, pero sus párpados, sus brazos y sus labios eran mudos testigos del feroz y brutal ataque que cayó sobre ellos. Al día siguiente, después de una noche delirante, el vigía del "Intrépido" alcanzó a ver a la distancia, y recortándose sobre la costa, la silueta de un barco que por sus características parecía ser "El Tunante".

—¡Barco a la vista —gritó.

"En efecto", pensó Burnsteld; Montero y sus hombres estaban desprevenidos, parecía que todo sería más fácil de lo planeado. Con una orden del capitán Burnsteld las velas del "Intrépido" bajaron a la par que se escuchaba un sonido atronador como de un madero resquebrajándose. El barco aminoró su marcha al instante y se escuchó un grito:

—¡Reparen enseguida el desperfecto!

En ese momento una pequeña lancha salió de la nave para avisar a los otros navíos que se retrasarían un poco mientras reparaban la nave y que siguieran avanzando para evitar que "El Tunante" escapara. El enorme galeón francés y los barcos españoles redujeron un poco la velocidad, pero, desde luego, sabían que seguramente era una estratagema de los ingleses, que se distinguían por tramposos y chapuceros.

Hacía la costa se extendía una bruma que no permitía observar con claridad lo que había enfrente; no obstante, sin lugar a dudas se vislumbraba el perfil de un barco, aunque en realidad ninguno de los vigías de las naves podría asegurar que fuera "El Tunante". Se acercaron con precaución, la estrategia de Genet era hacer un acercamiento disuasivo y abierto para que los corsarios pudieran ver las insignias de cada una de las naves. Bien sabía que los ingleses eran la presa preferida de Montero y si se decidía a atacar lo haría primero contra el navío británico, a pesar de que venía más atrás. Por su parte, el capitán Álvarez y sus dos carabelas se dirigieron en una línea más recta, apelando a un sentimiento nacionalista; quizá tampoco fueran atacados salvo en una situación desesperada. Lo extraño es que el supuesto barco de Montero no se movía, mientras tanto, el "Intrépido" y su tripulación observaban cómo avanzaban los otros navíos y parecía que el plan de Duncan funcionaría. "Que se acaben entre ellos y nosotros tomaremos los despojos", el capitán Burnsteld recordaba con claridad las últimas indicaciones del comodoro.

La reparación del "Intrépido" no podía tardar mucho para evitar sospechas, de tal manera que empezaron a avanzar. Mientras tanto, los otros tres navíos ya tenían la costa frente a ellos, aunque en el rumbo donde estaba aparentemente el barco pirata la neblina parecía ponerse más densa. Llegó un momento en que los navíos ya no se distinguían unos de otros.

—¡Señor Iturbe, preparen los cañones! —gritó el capitán Álvarez a su contramaestre.

—Esto no me gusta nada, ¿dónde quedó "El Iberia? ¡Malditos ingleses, algo de esto sabían, por eso se retrasaron! —bramó Iturbe

— ¡Silencio! —grito el almirante Genet de "El Conquistador".

Se escuchaba un murmullo sordo, como de movimiento de naves acercándose por la popa del navío.

—Preparen los cañones y estén listos a disparar en cuanto les avise. ¡Pronto! —dijo Genet.

La neblina avanzó mar adentro, alcanzando también al "Intrépido" y cubriéndolo por completo. Las tripulaciones se encontraban nerviosas, los hombres intentaban verse unos a otros sin éxito. Un aire gélido los cubría, la condensación del vapor mojaba sus rostros.

—Preparen los cañones, algo se aproxima —indicó el capitán Burnsteld.

Los cuatro navíos se movían hacia la costa, cada vez más cerca unos de otros. El sonido de las velas desplegándose, el ajetreo de las respectivas tripulaciones moviéndose a bordo: el terror afloraba en los rostros de los marinos. Un aire más fuerte empezó a soplar y a henchir plenamente las velas, los barcos se desplazaban ahora con inusitada rapidez entre la bruma. El vigía del "Intrépido" gritó:

—Se aproxima un barco por la popa a gran velocidad.

Dicho esto se escuchó el grito de "¡Fuego!", y el sonido potente de disparos de cañones varios al unísono. Enseguida la madera del barco Francés crujió en varias partes ante el impacto de las balas, algunos hombres cayeron al agua que ahora se encontraba agitada. Genet, aferrándose al timón, bramó:

—¡Fuego!

Los cañones de "El Conquistador" escupieron fuego. Las balas dieron directo en el mástil principal de el "Intrépido", las velas cayeron de inmediato en la cubierta. Ahora sí sufrió daño el galeón y un gran boquete se abrió en la

160

parte lateral de la nave, los cuerpos de algunos marinos salieron volando debido a los impactos.

En breve los cuatro barcos se encontraban inmersos en una batalla de golpes y contragolpes; los cañones tronaban una y otra vez, la madera crujía y cedía ante el impacto de las balas. Los cuerpos de varios marinos masacrados se esparcían por las cubiertas y los capitanes no hacían más que gritar tratando de poner orden, pero la ofuscación los envolvía por completo.

A lo lejos, los hombres de "El Tunante" no alcanzaban a comprender qué sucedía. Veían claramente a los cuatro navíos: el orgulloso navío inglés, el "Intrépido"; el majestuoso galeón francés , "El Conquistador", y los dos extraordinarios barcos españoles, "El Iberia y "El Lontananza", todos ellos inmersos en una orgía de pólvora y fuego. Poco duró el fragor de la batalla. Los navíos quedaron destrozados. "¿Por qué se habrán atacado de esa manera entre ellos mismos? ¿Que no éramos nosotros el objetivo?", se preguntaban los piratas.

—No cabe duda, la maldición de la ensenada volvió su presa a esos pobres hombres. Los delirios de la "muerte" negra los envolvieron, de seguro las nubes de mosquitos los atacaron. Las alucinaciones que tuvieron son producto del piquete de estos malditos bichos, eso fue lo que ocurrió sin lugar a dudas —dijo en voz alta el viejo pirata Suárez, el portugués—. ¡Miren ahí está el augurio!

Los hombres voltearon rápidamente hacia donde el viejo corsario indicaba y observaron hacia un acantilado rocoso al sur, una vieja casona de la cual no se habían percatado. Los piratas ignoraban que en el interior de esa vieja casa estaban cinco mozalbetes enfrascados en la lectura; a uno de ellos le pareció escuchar los cañonazos de la batalla: Gustavo se incorporó y volteó a ver a sus amigos, sin que éstos mostraran reacción alguna a lo que el escuchó. Prosiguió su lectura con cierta intranquilidad. Mientras tanto, viendo a través de su catalejo, uno de los piratas, gritó:

—¡Ah! Miren hacia allá —dijo apuntando con uno de sus dedos.

En el lugar donde indicaba su dedo índice los piratas vieron a un repugnante ser envuelto como en un par de viscosas alas que se perfilaba contra unas rocas. Esta abominación estaba frente a la entrada de una caverna desde donde un pequeño hombrecillo lo observaba fijamente y sostenía en sus manos una especie de arcabuz luminiscente. Justo en ese momento algo más llamó la atención de los corsarios: se escuchó un sonido atronador y una luz brillante cruzó el firmamento. Una nube tapó el sol y la luz se pudo apreciar brillante, atravesando rauda por encima de sus cabezas hasta "posarse" a un lado de la entrada de la cueva. Desde ahí, el hombrecillo y el "demonio alado" cruzaron miradas interrogativas.

—¡Por Belcebú, esto es cosa de brujería! —exclamó Luigi el napolitano.

No alcanzaban a salir de su asombro cuando escucharon claramente, a pesar de estar a cierta distancia de la costa, un galope rítmico y fuerte como de un gran corcel. Lo que vieron fue sin duda un bello ejemplar equino, pero algo captó su atención: el jinete que lo cabalgaba parecía estar trepado en su cabeza y no en el lomo. Temij el tártaro sacó su catalejos y apuntó en esa dirección para observar mejor; enseguida soltó el instrumento y exclamó:

—¡No puede ser, el hombre no lo cabalga, no está montado sobre el caballo, sale directo del tronco del corcel! ¡Está unido a él!

Pero antes de que alguien más pudiera ver a través de los catalejos, el gran "animal" desapareció entre la tupida vegetación, encaminándose hacia el acantilado sur. Mientras tanto, el hombre alado, el pequeñín y el "hombre de la luz", enfundado en una vestimenta brillosa y metálica, observaban fijamente el viejo galeón pirata.

—¡Cuántas alucinaciones! ¿Qué clase de ron nos dieron? —vociferó Boris, el pirata eslavo.

Desde la colina donde se ubicaban Montero y sus hombres se alcanzó a escuchar el fragor de la batalla. El humo se esparcía y a lo lejos se veían unas embarcaciones, la mañana era clara y transparente. El contramaestre Ian, en compañía del mulato, subió un poco más para observar con sus catalejos, y cuál sería su sorpresa al ver a los cuatro buques en una gran batalla, cañoneándose unos a otros

—No cabe duda, se han vuelto locos; para nuestra fortuna —dijo el señor McCarthy.

—Esto es cosa del demonio sin duda —afirmó el mulato—. Lo extraño es que se muevan tan rápido cuando el viento está tan calmo.

IV

El secreto develado

—¡Narváez! — gritó Montero—. ¿Hasta dónde iremos? Ya hemos recorrido un buen trecho y necesitamos descansar.

—Calma, Joaquín. El trayecto parece ser más largo de lo que yo había calculado. Déjame conversar con Kalín, el líder de los nativos, a ver qué nuevas hay.

Y enseguida se dirigió al frente del grupo. Los indígenas marchaban en completo silencio, eran aproximadamente quince o dieciséis, todos con su habitual vestimenta: sólo un taparrabo y la piel untada de un aceite espeso. Al frente iba su líder y a su lado, con la mirada torva, "Nejtum", el hechicero. En ese momento Montero recordó al señor Macharty y a Marcial y pensó: "¡Diantres! ¿Dónde estarán? ¿Habrá sucedido algo grave mientras subimos por estas selvosas colinas?". Grata fue su sorpresa al escuchar los gritos inconfundibles del escocés con su imperfecto español.

—¡Ehaaa! ¿Dónde se han metido? ¡Capitán!

—Calma, contramaestre. Vamos acá adelante. Señor Terence —le dijo el capitán al inglés— vaya e indíquele el camino al señor McCarthy.

—Capitán sucedió algo muy extraño en la bahía— llegó diciendo el contramaestre—. Vimos cuatro navíos: dos carabelas españolas y dos galeones, uno inglés y otro francés. Y cuál no sería nuestra sorpresa cuando vimos Marcial y yo cómo combatían entre ellos. Pero eso no fue lo más sorprendente, porque, además, se movían como impulsados por un vendaval: las velas pletóricas y henchidas. Lo extraordinario es que sólo había una leve, mínima diría yo, brisa marina. ¡Magia! Poco después se destrozaron entre ellos —afirmó anonadado el señor McCarthy.

—¿Algún sobreviviente? ¿Estaba ahí el comodoro Duncan? —preguntó Montero.

—No sabemos señor, pero si hubo algún naufrago tenga por seguro que ya son prisioneros en "El Tunante"— comentó Marcial el mulato.

Mientras tanto regresó Narváez, enterándose de inmediato de lo acontecido, y enseguida comentó:

—Estamos por llegar a una pequeña ciudad donde podremos descansar y alimentarnos. Espero que podamos conocer un poco más de lo que sigue.

Y así fue: unos dos kilómetros adelante salieron a una explanada donde se apilaban unos centros ceremoniales y varias chozas alrededor. El calor era sofocante y la humedad lo complicaba más; cuando llegaron salieron algunos chiquillos desnudos de vientres prominentes y varias mujeres con el torso desnudo, la mayoría de ellas jóvenes. Al fondo, en una edificación mayor que las otras, se apreciaba un grupo de ancianos y unos cuantos hombres y mujeres. Uno de los ancianos tenía el bastón de mando y estaba junto al hechicero, quién se había adelantado y murmuró algo al oído del anciano que les veía furtivamente. El líder Kalín se mostraba, no obstante, afable y eso les dio confianza a los forasteros.

—Narváez, espero que no sea esto una trampa —le susurró Montero.

Enseguida los hicieron pasar al interior del templo, los invitaron a sentarse en cuclillas y les sirvieron algo de comer a Montero y a sus hombres. Ninguno de ellos quiso averiguar qué es lo que comieron; además, el hambre era insoportable. Después de saciar su apetito y su sed se acercó una comitiva formada por el anciano que parecía ser el jefe, el hechicero, Kalín y una hermosa muchacha de escasos veinte años, esbelta y de bellas facciones de piel aceitunada, untada con esencias y aceites. Todos ellos se sentaron justo enfrente de Montero y sus hombres y la muchacha comenzó a hablar con un correcto español.

—Bienvenidos, forasteros. Mi nombre es Yarta, soy hija del anciano Xaltuc, jefe de la tribu —el anciano inclinó la cabeza al escuchar su nombre—. Soy quién gobernará esta nación a la muerte de mi padre; nuestro pueblo está en decadencia y tememos que tarde o temprano los hombres del mar arrasarán con mi pueblo. Hemos avistado sus barcos desde hace muchos años y solamente las nubes vivientes nos han salvado, pero ¿hasta cuándo? Llegará el momento en que descubran cómo llegar y cuando consigan el remedio de hierbas que se les dio a ustedes entonces la ensenada maldita dejará de serlo y nuestro pueblo sucumbirá.

Montero no dejaba de mirar inquieto a Narváez, quien también se notaba sorprendido y finalmente le dijo a Yarta:

—Kalín, nuestro excelente guía, me contactó hace algunas semanas tierra adentro y me habló de vuestro tesoro que ustedes querían compartir con nosotros si yo traía al capitán Joaquín Montero. ¡Helo aquí!

Montero no salía de su asombro y miraba fijamente a Narváez. "¿Qué acaso me había utilizado? No sería capaz. ¿Pero por qué no me dijo todo desde aquella ocasión que nos encontramos en Puerto Viejo?", pensó. Sea lo que fuera, la situación de los piratas no era muy favorable, los indígenas los superaban en número pero no en armas, es más, no tenían armas o al menos no las habían visto. Su estado físico no les ayudaría mucho ante hombres curtidos en innumerables batallas como McCarthy, el dominicano, Hans y hasta el borracho Terence, sin contar a Montero, hábil espadachín.

—No, no es por aquí la situación —caviló el capitán.

La bella muchacha clavó sus negros y enigmáticos ojos en Montero al saber que él era el capitán de "El Tunante". Se inclinó ante él y le dijo:

—Señor, henos aquí entregándonos en cuerpo y alma a vos y sois el único que podrá salvarnos. La profecía se debe cumplir, de no hacerlo esta tierra sucumbirá, sobre todo porque los exploradores blancos cada vez se acercan más en busca de las cuevas donde las rocas brillan, y las desean. Su codicia no nos es ajena, el brillo del metal solar los embrutece. Yo he vivido en sus tierras y he visto cómo matan por él y se envilecen, por eso hablo tu lengua, por eso conozco la muerte, por eso te he buscado a ti.

Montero quedo atónito y finalmente dijo:

—Señora, levantaos. Yo no tengo el poder para detener a esos hombres; quizá detengamos a algunos, pero vendrán más y más hasta lograr su cometido.

—¿Pero es qué no sabéis que mi pueblo os ofrece a vos y a vuestra tripulación el mayor tesoro que pueda existir? Decidme, ¿qué es más valioso que el corazón puro y abnegado de una doncella? Así es capitán, yo y las mujeres de mi pueblo somos el mayor tesoro que podrían poseer, porque nos entregamos plenas, porque os amaremos, porque vosotros sois afortunados y aquellos de quienes hablan nuestras tradiciones y quienes someterán a nuestros enemigos. Mis doncellas serán, si así lo desean ellas y tus hombres, sus mujeres para que el pueblo de "Catesoc" sea libre y los descendientes de esta unión formen un bello y pacífico pueblo. Pero primero habrá que luchar y derrotar a los demonios con sus armas que escupen dolor y muerte. Os entrego ahora el cofre que os prometió Narváez; contiene el mayor tesoro que hombre alguno pudiera poseer: el espíritu de nuestro amor y entrega simbolizado en las rocas pulidas y frescas que ahí encontraréis. Son vuestras, ese es nuestro ofrecimiento simbólico, mi señor.

168

Y lo hacemos con el corazón —la chica replicó con voz angustiada.

Narváez no se atrevía a mirar ni a Montero ni a sus hombres, sabía que sus miradas serían de desprecio cuando menos. Se escuchó finalmente la voz del capitán.

—Para mí es demasiado lo que me ofrecéis señora. El tesoro que esperábamos encontrar era de una valor infinitamente menor, pero decidme: ¿por qué nos ofrecen un tesoro de valor incalculable como vuestro amor desinteresado? ¿Qué pasa con los hombres de vuestra aldea? No lo entiendo.

—Es muy sencillo, señor—respondió la joven—. Todos los hombres que veis aquí, incluyendo los más ancianos, son mis parientes. Nuestro aislamiento no permitió que nuestra sangre se enriqueciera. Por eso para mi hermano Kalín y para todos nosotros, lo que se ofreció a Narváez es nuestra mayor riqueza.

—Hay, sin embargo, algo que no comprendo, señora —preguntó enfático Montero—. ¿Por qué tenían que ser el capitán Montero y la tripulación de "El Tunante" los elegidos para recibir este don?

—Nuestra profecía —indicó Yarta—, dice que aquel que sea el enemigo de tu enemigo será tu amigo. Todo lo que yo escuché en Santo Domingo sobre vos y vuestros hombres era extraordinario: luchabas contra el odiado inglés que asolaba nuestras tierras y lo habéis derrotado en varias ocasiones, también luchabas contra los españoles, que esclavizan a nuestros hermanos. La profecía también dice: "cuando los hombres grises y malos destruyan tu tierra y arrasen con tu pueblo, sus propios hermanos, los buenos, te protegerán y cuidarán de ti; procrearán con tu pueblo y la esperanza renacerá".

—¡Qué ironía! —comentó Montero—. Yo pensé que nosotros éramos los malos —y soltó una risotada que contagió a sus hombres y al propio Narváez, que no acertaba a comprender del todo lo que había pasado.

Los hombres que acompañaban al capitán Montero estaban absortos.

—¡Pronto! —gritó de improviso el contramaestre Ian a los hombres que lo acompañaban—. Avisen a los hombres de "El Tunante", decidles que en verdad encontramos el mayor tesoro posible.

El señor McCarthy volteo a ver de soslayo a las bellas muchachitas que los esperaban pletóricas de vida. "¿Quién se lo iba a imaginar? Hoy es un día para recordarse por siempre, me han cortado las alas. ¡Apúrate Marcial, negro del demonio, trae a todos los hombres!

Cuando el escocés buscó al capitán Montero con la vista cuál no sería su sorpresa al verlo caminando del brazo de la hermosa Yarta, enamorado como un adolescente ingenuo, alejándose lento por la vereda.

—¿Será acaso el final de "El Tunante", del capitán Joaquín Montero y de su indómita tripulación? Eso está por verse… —dijo el contramaestre.

Epílogo de la Parte I

Ya estaba avanzada la tarde cuando los chicos y la pequeña Verónica concluyeron sus respectivas lecturas. Todos estaban sorprendidos y emocionados, su imaginación enseñoreó vivamente sus desbordantes mentes. Cerraron los libros correspondientes a la lectura de ese día, el leve brillo que todavía desprendían era un recuerdo patente de la gran aventura experimentada por cada uno. Se miraron absortos e incrédulos.

—Y bueno ¿a poco no se dieron cuenta cuando Mazar nos espiaba por el hueco que está encima de la chimenea? Porque yo los vi y hasta me trepé ahí —dijo Gerardo señalando el lugar que trepó—. Ustedes estaban leyendo, no puedo creer que no se dieran cuenta.

—Pues a mí me sucedió algo similar —dijo Verónica preocupada—. Allá arriba en el domo me pareció ver cómo se encaramaba y nos espiaba ese vampiro horrendo y valiente, y ustedes como si nada.

—Vaya, esto es fabuloso, ¿no? Cada uno tuvo un momento en el cual nos pareció estar en presencia de alguno de los personajes de nuestra narración. Si con cada sesión de lectura que tengamos sucede esto tendremos veladas llenas de cosas increíbles. Mañana seguiremos con el segundo cuento de cada estante, ¿están de acuerdo? Todos aprobaron entusiastas la moción y cada uno colocó con cuidado y profundo respeto su respectivo libro en el estante de donde lo tomaron. Un leve resplandor aún se escapaba de entre las hojas. Se quedaron unos instantes más y lentamente salieron de la vieja casona rumbo a sus respectivos hogares, comprometiéndose para encontrarse al día siguiente en el mismo lugar y a la misma hora.

www.ingramcontent.com/pod-product-compliance
Lightning Source LLC
Chambersburg PA
CBHW060417260626
47161CB00005B/1672